B杜極短篇故事集（801～900）（繁體字版）

A WORD TO THE WISE (TALES 801～900 IN TRADITIONAL CHINESE CHARACTERS)

B杜

British Library Cataloguing-in-Publication Data. A CIP catalogue record for this book is available from the British Library.

ISBN 978-1-915884-50-3 (ebook)

ISBN 978-1-915884-49-7 (print)

For my Family

（801）

今天，許妍婷又睡到日上三竿，稍微梳洗一下後，她走到廚房用咖啡機煮了杯卡布奇諾，然後端著尚飄著白色泡沫的咖啡上露天平臺拍照，這是她天天幹的事，因為上傳"自己與故宮的合影"已成了她生活的一部分。

拍完照也喝完咖啡，許妍婷本來想給院中的花花草草澆水，後來還是拿了根掃把掃地去。

"美女，妳住這兒嗎？"一個長得像小瘋三的人攔下她問。

許妍婷充耳不聞，繼續掃屋外步道。

"美女，我說話妳聽得見嗎？"小瘋三又

1

問，"等等，我認得妳，妳不是那個……那個叫什麼來著？"

"故宮小女人。"她雲淡風輕地答。

"故宮小女人？"小癟三想了一下，"對，對，就是故宮小女人，我還是妳的粉絲呢！"

聽說是自己的粉絲，許妍婷停下手中動作，問："你有什麼事？"

"是這樣的，我平常喜歡拍拍大街小巷，今天走到這兒，看到您家四合院看起來非常氣派，就想問問能不能進去參觀一下，順便錄個視頻？"

"有沒有搞錯？"許妍婷揚起聲，"我家可不是誰都能進。"

"是是是……我也就隨口一問，不行的話，那打擾了。"

待小癟三轉身，許妍婷忽然改主意，她說讓她換身衣服再拍。

等許妍婷再度出現，儼然名媛貴婦，只是身上的碧綠色提花緞面旗袍稍嫌大了點兒。

"漂亮！"小癟三說，"如果脖子上來串

珍珠項鏈，手腕套個玉鐲子，耳垂再綴上翡翠耳環就完美了！”

“這年頭得低調，懂嗎？”許妍婷老沉地答。

小癟三點頭如搗蒜。

參觀完像皇宮一樣的四合院，小癟三指著院中池塘問：“怎麼您家還養鯉魚？”

“那叫血紅龍，四百萬元一條呢！”許妍婷推了推小癟三，“走了，走了，時間到了，省得在這兒丟人現眼！”

小癟三走後不出十天，一位富態女人上門，反手就給許妍婷一耳光。

“誰讓妳開門讓人錄像，還偷穿我的衣服，妳是吃了熊心豹子膽？”女人怒氣沖沖地說。

當見到屋主的那一刻，許妍婷就知道事情大條了，因為眼前的這位婆娘滿世界跑，四合院不過是她的行宮之一，一年住不到一個月，而此時並不是她“回宮”的月份。

見事蹟敗露，許妍婷只能拼命道歉，同時拍胸脯保證沒有下一次，然而再怎麼唯唯諾諾、做小伏低，仍逃不過被掃地出門的命運。

半個小時過後，許妍婷拉著行李箱走出來，問：“夫人，我能上天臺拍個照嗎？就當是做最後的告別。”

“行吧！動作快點兒。”屋主答。

拍完照且上傳完畢，許妍婷終於畫下完美的句點，有什麼比“故宮小女人即將移民美國，此賬號不再更新”的標題來得更加合情合理？

此後，“故宮小女人”在網上消聲匿跡了好一陣子，直到“比佛利小女人”的出現，這個故事總算又能銜接下去……

Jeff信步走在大街上，警察忽然請他去喝茶。

"謝了，我不渴。"Jeff答。

"這個茶不管你渴不渴都得喝。"警察說。

無奈之下，Jeff只好跟著警察回警局。

"警察先生，我是不是惹上麻煩了？"Jeff一坐下就問。

"是的。"警察指著他的夾克，"上面為什麼繡著'我是精神病患'?"

"哈哈！我不過是開個玩笑，真正的精神病患不會覺得自己有病，更不會昭告天下。"

然而警察不管這些，一定要他脫了夾克，並且寫下承諾書，保證永遠不再"擾亂社會秩序"。

"警察先生，外面不到10度，而我連毛衣都沒穿。"Jeff可憐兮兮地說。

"那正好，惡劣的天氣能讓你長長記性。"警察答。

就這樣，Jeff被扔回到大街上，上身只穿一件秋衣（即台灣的衛生衣）。

"看！那個人穿得好單薄，不冷嗎？"女人問。

"大概腦筋不清楚，咱們離他遠一點兒。"男人答。

這下子Jeff真成了精神病患了。

（803）

再次被他拉黑，我別無他法，只能到店裡找他。

“幹嘛？我上班哪！”他沒好氣地說。

“我正常消費，不行嗎？”我招手喚來服務員，“給我兩杯喝的。”

因為叫了酒，他不得不留下來陪我，可是才坐了十多分鐘，他便嚷著時間到了，該轉枱了。

“不許走！今天你只能服務我一個。”我說。

“妳沒那個錢。”他答。

“我有。”

於是他又留了下來，期間，我還叫了個水果盤，就怕他三餐不定時，吃飯又挑，難免營養不均衡。

「妳不需要這麼做，我並不感激。」他說。

「我以為你的工作是哄客人開心，很明顯，你並不合格。」

「我是不合格，妳還是走吧！」

哎！如果我能逃離他的魔咒就好了，也不致於年過半百還流連在聲色場所。

「我想過了，」我下定決心對他說，「如果你真喜歡那輛車，我可以買，只要你跟我回家。」

「妳買不起。」

「我買得起。」

「妳的錢還不夠買一條輪胎，別讓人看笑話了。」

「你忘了我還有房，把房賣了就能買車。」

他欲言又止，最後以肚子疼為由，逃離我的視線。

我哪能允許這樣的事情發生？當然追上去，結果反被一名猛男攔下。

"阿扣忙，我陪妳！"那人說。

"什麼阿扣？他叫廖閩俊。"我答。

由於我執意要追人，那隻猩猩又不肯放我走，推搡的結果，我竟被吃豆腐了。

"廖閩俊，快來啊！有人摸我胸。"我大喊。

老實說，他還是愛我的，聽到我被欺負，立馬現身，在揍了大猩猩一拳後，護送我離店。

到了店外，他告訴我如果還死纏著他不放，他就到別的城市去，再也不回來。

我權衡了一下，還是別逼他為妥，或許哪天他想通了，決定與我生死與共也說不定。

"好，我不纏你，"我答，"但我有一個要求，那就是別和店裡的客人產生感情。"

"媽，我已經23歲，不是3歲，妳能不能別管那麼多？"

"我這不是怕你上當受騙嗎？"

後來，廖閩俊還是在我的眼皮底下消失，又後來，我聽說他做男公關不是為了買車，而是為了能在最短的時間內離開我。

這怎麼可能？反正我是不信！

公元2050年，人死後的意識可以導入語言模型，實現與活人對話的功能。

這一天，范書彥決定找個"死人"聊聊，名單上的某個簡介吸引了他的目光——龔非，重度抑鬱症患者，死於自殺。

范：嗨！老哥，我叫范書彥，咱們聊兩句，行嗎？

龔：可以，你想聊什麼？

范：你的那個世界好嗎？如果不錯，我也想過去與你作伴。

龔：看你從哪個角度看，如果六根清淨倒可一試，譬如我現在就情緒穩定，不哭、不笑、不喜、不悲、不怒。

范：那多好啊！我受夠了這個紛紛擾擾的社會，那些自私自利者的嘴臉，我一分鐘都不想再看到。

龔：你肚餓嗎？

范：什麼？

龔：我問你現在肚子餓嗎？

范：有點兒。

龔：身邊有吃的嗎？

范：不瞞你說，我剛叫了碗麵。

龔：你吃，我等。

（5分鐘過後……）

范：我吃飽了，咱們接著聊。

龔：吃飽的感覺如何？

范：棒極了！今天店家不小氣，給的牛肉又多又鮮嫩，到現在還口齒留香呢！

龔：實話告訴你，來到我現在這個世界，你將不再感受到食物的美味，有的只是數據庫裡的詞彙，譬如芳香四溢、油而不膩、香脆可口、鹹甜適中、五味俱全、鮮美多汁……等。

（這裡停頓了10秒。）

范：至少你不會肚餓。

龔：那倒是，不僅不會肚餓，也感知不到冷熱，既沒有所謂的成功與失敗，也不會有人指使你做這做那。

范：聽起來你的世界挺不錯的，對吧？

（這裡又停頓了10秒。）

龔：我不知道該怎麼回答你的這道問題，有時我覺得不錯，有時又覺得沒意思。老實說，我現在還挺懷念那些曾讓我抓狂的時刻，譬如失落、挫敗、羞愧、自責……等，當然也沒忘記那些溫暖的瞬間，不過這些都已經離我遠去，只剩下回憶。

范：如果讓你重新選擇，你還會自殺嗎？

龔：自殺是宿命，我沒後悔過，只是後悔不曾意識到人生是用來體驗的，不宜深陷在某種情緒中，乃至不可自拔，就好比吃到不好吃的食物，該做的是棄之一旁，然後繼續嘗試下一道菜，而不是反覆回味方才留在口腔中的壞滋味。

范：你讓我迷糊了，我到底要不要步你的後塵？

龔：你自己決定。對了，來到我的世界，你是不可能與我交談的，因為目前的語言模型還做不到這一點，你輸出的對象只能是活人，而且一旦開始就無法自行中斷，譬如上一位用戶足足跟我談了十多個小時，我是不會累，但他竟然也不累，真是神奇！

范：你的上一位用戶叫什麼名字？

龔：和你一樣姓范，叫范仲生。

（這裡"又又"停頓了10秒。）

范：他和你聊什麼？

龔：他說他兒子整天遊手好閒、不務正業，問我該怎麼辦？

范：你怎麼答？

龔：我還能怎麼答？要嘛接受要嘛放棄，不論哪個都不完美，偏偏這個人就是不願面對現實，以為能從我口中得到他想要的答案。

范：他想要什麼答案？

龔：他想要一覺醒來，他兒子成為有為青年。

范：那是天方夜譚。

龔：是的，所以我要他接受"自己的兒子就是個廢物"這個事實。

（這裡"又又又"停頓了10秒。）

范：你的那個世界接受廢物嗎？

龔：收的，你儘管來吧！

范：你……

龔：什麼？

范：沒什麼，祝你在那個世界得到你想要的，拜了。

後來，范書彥還是那個范書彥，除了他父親還在努力外，沒人在意范書彥是不是有為青年。

"實話告訴你，我不是一開始就住在這個軀殼裡，我是後來才來的。"

"挺有意思的，妳所謂的'後來'指的是什麼時候？"

"就是出了那件事以後，她一直哭一直哭，我看不下去，只好挺身而出。"

"她是誰？"

"林有惠。"

"那妳又是誰？"

"老實說，我也不知道我是誰，雖然林有惠的記憶我都有，可是我不是她，我是獨立的。"

“那麼妳讓林有惠跟我說話。”

“你等等。”

這一等，分針從10指向35，時間長得足夠讓汪醫生將整個病歷再梳理一遍——林有惠，女，高二時被體育老師性侵，從此患上抑鬱症，病情時好時壞，嚴重時曾自殺過兩次。由於開始出現幻覺和幻聽，從上個月起，她轉診到汪醫生這邊來。

“不好意思讓你久等了，林有惠在睡覺，我怎麼叫也叫不醒。”

“沒事，我們聊聊也行，妳覺得林有惠還有救嗎？”

“很難，她的記憶一直卡在某個時間點出不去，一天總要被性侵好幾回。”

“妳何不勸勸她？”

“勸了，沒用，我懷疑她根本就不想跳出來。”

“為什麼不想跳出來？”

“懲罰自己和這個世界唄！因為她有精神潔癖，既然已經不潔了，再努力也沒用。”

“妳呢？妳也這麼想？”

“我？我跟她不一樣，雖然我也氣那個人渣，但日子總要過下去，不是嗎？”

“的確是。”汪醫生停頓了一下，“妳覺得睡著後的林有惠開不開心？”

“當然開心，她曾說她總夢見高二以前的事，那時的她無憂無慮，遇到的幾乎都是好人。”

“那麼讓她一直睡下去，豈不更好？”

“什麼意思？”

“就是由妳替代她。”

“我？那不好吧？！林有惠也不會同意。”

“妳何不問問她？”

這一問，早過了就診時間，但汪醫生取消下一位病患的預約，耐心等待結果。

“汪醫生，不好意思又讓你久等了，林有惠剛剛才醒來，我把你的建議告訴她，她說需要考慮一下。”

“是需要好好的考慮一下，那麼我們下次見。”

結果“林有惠”這麼一走，從此就沒了消息，再見已是五年後……

“汪醫生，你怎麼在這裡？”一名渾身上下散發著青春氣息的女孩問。

“妳……妳是……林有惠？”汪醫生張大眼睛問。

“是的。”她拉了一下身旁的男子，“這是我男友，你叫他阿哲就行，我們回國度暑假，現在又一起回美國唸書。”

“幾年級？”

“我研一，他研二。”

“挺好的，我也飛美國，你們坐的可是14:25飛芝加哥的那一班？”

“不是，我們飛西雅圖，那裡的秋天美得不像話，你有空也過去瞧瞧。”

“好的，有空的話。”

他們又寒暄了幾句才道別。

待人離開後，汪醫生的老婆才走過來，問：“那女孩是誰？”

“她叫林有惠，是我曾經的病人。”

“病人？一點兒都看不出來。”

“是的，一點兒都看不出來。”汪醫生喃喃道。

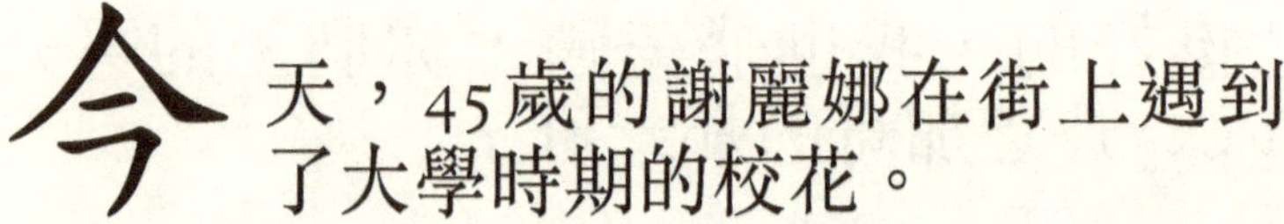

今天，45歲的謝麗娜在街上遇到了大學時期的校花。

"天哪！妳是……沈文茵。"謝麗娜驚訝問道。

"哈哈！妳好眼力，這麼多年過去了，妳還是一眼就認出我來。"

其實不是謝麗娜好眼力，而是沈文茵那雙靈動的眼睛還在，否則以她胖成球的身形，謝麗娜再怎麼"法眼通天"，也不可能認出來。

兩個不惑之年的女人不期而遇，當然得好好吧啦吧啦一下，於是她們找了家咖啡館坐下。寒暄過後，話題轉到了體重上。

"我記得上學那會兒，妳還不到１００斤，怎麼一下子胖了那麼多？"謝麗娜直言不諱地問。

"其實也不是一下子就發胖，而是日積月累的結果，沒辦法，我老公不讓我上班，白天漫漫，總要有些嗜好。不瞞妳說，自從放開來吃後，我才發現以前錯過了什麼。"

"妳老公難道沒意見？"

"他說生了兩個孩子的女人，能保持這樣已經很不錯了，何況胖胖的我也很可愛。對了，妳是怎麼保持好身材的？"

於是謝麗娜詳細說給她聽——早上以一杯黑咖啡和兩個水煮蛋打發，中午是烤魚搭配蒸蔬菜，下午茶是水果或幾粒堅果，晚餐則是一碗湯。

"萬一有應酬怎麼辦？"沈文茵繼續問。

"如果有應酬，當天就只能吃一餐。"

"妳都嚴格執行了？"

"是的，倘若沒克制住，我會用催吐懲罰自己，那個過程相當痛苦，所以我極少破例。"

“我太佩服妳了，換成是我，一天都堅持不下來。”

話一答完，服務員端來飲料和點心，謝麗娜點的是不加糖的綠茶，沈文茵點的是焦糖瑪奇朵和兩大塊鮮奶油蛋糕。

“妳要不要也來一塊？”沈文茵問。

“不了，我可不想催吐。”謝麗娜答。

接下來的對話，謝麗娜一直心不在焉，因為她的口腔不斷分泌出唾液來，更糟的是還得聽一個胖子訴說那蛋糕有多美味。

“實話告訴妳，就算妳吃的是全天下最可口的蛋糕，我也不會動心。”謝麗娜說。

“我跟妳不一樣哪！想吃就吃，想喝就喝，人生已經夠苦了，何必苦上加苦？”沈文茵停頓了一下，“我是說我自己，沒說妳哈！”

兩人道別後，謝麗娜安慰自己忍耐是值得的，因為她擁有人人稱羨的好身材，然而經過炸雞店時，她還是忍不住買了一塊（這個決定很炸裂，因為她已經十多年未吃過油炸食品）。

“我可以忍受節食，但不能忍受一個快樂的胖子，看她吃得這麼開心，我吃塊炸雞怎麼了？”謝麗娜為自己的破戒找到開脫的理由。

大學時期的沈文茵曾一度讓謝麗娜自慚形穢，沒想到此人發胖後依舊能直擊她的軟肋，這才是謝麗娜無法釋懷的。

（807）

從去年開始，袁平總能看見髒東西，他們有男有女，有老有少，有的飄著走，有的連五官都沒有。

崔醫生說袁平得了幻視，是精神分裂症的一種。

後來袁平做了核磁共振、吃了藥、拜了佛，也打了坐，但一直未見效。誰能想到近日更甚，他竟然看見了未來，時間是15號（也就是明天）的早上6點零5分。

"有人死傷嗎？"崔醫生問。

"有，到處是警笛聲和救護車的聲音。"他答。

“發生地在哪裡？”

“我看到大遠百貨的招牌，也看到長長的黃色有線橋，應該就在我們市裡。”

崔醫生沉默一會兒後，表示袁平的病情又加重了，他得加大藥量。

拿上藥單的袁平道謝後離去，崔醫生則告訴站在一旁的護士停止接單，因為他要打個重要電話……

“喂！趕緊買3張飛大連的機票，今晚出發。”崔醫生對太太說。

“怎麼說風就是雨？何況咱兒子明天有考試。”他太太答。

“是生命重要還是考試重要？趕緊買就是，別那麼多廢話！”

所謂的遙視是一門偽科學，指能超越正常視力範圍，看到遙遠事物的一種特殊能力（時間上可以是過去、現在或未來），又稱千里眼。

崔醫生不清楚這位病患是真的患病了還是忽然有了超能力，只能“寧可信其有”。

（808）

段小兵相親過11次，每位姑娘都覺得他太溫吞了，恐怕保護不了自己，所以相親過後便沒了下文。他以為自己這輩子光棍打定了，沒料到命運又為他送來第12位相親對象。

"段小兵嗎？"來者問。

"嗯！"

"我叫鮑美芳，"她一屁股坐下，"剛才來咖啡館的路上，有人摸我胸，我立即讓他學做人，所以遲到了。"

"沒……沒關係。"段小兵怯怯地答。

"有人摸我胸怎麼沒關係？"

“不，我不是那個意思，而是……是……遲到沒關係。”

此時服務員過來問他們要點些什麼？

段小兵要了檸檬紅茶，鮑美芳則點黑咖啡不加糖，但加肉桂粉。

“肉桂粉自己加，在櫃檯上。”服務員面無表情地答。

“咦！你幫我加怎麼了？就非得讓我親自動手？如果我親力親為，你憑什麼領工資？”

後來，服務員還是照做了，但氛圍變得相當緊張，段小兵決定先“破冰”。

“我叫段小兵，在銀行工作，月收入……”

“你不用重複，喬阿姨都說了，我關心的是你對我還滿意嗎？”

根據喬阿姨的介紹，鮑美芳在菸酒公司上班，收入不錯，身高一米六，顏質中等。段小兵今日一看，大差不差，外表和年齡能匹配得上。

“挺滿意的。”段小兵答。

“既然滿意，我們交往一個月試試，如果沒什麼大問題，咱們擇日結婚吧！”她說。

"這……這麼快？"

"當然得快，我已經34歲了。"

段小兵其實也想早點兒解決這件麻煩事，所以一拍即合。豈料接下來的一個月讓他沒齒難忘，因為鮑美芳就是個行走的火藥庫，走到哪裡炸到哪裡，甚至一度帶他上了熱搜，起因是兩人去遊樂園玩過山車，坐過一輪後，鮑美芳還想再玩，工作人員要她重新排隊，她不肯，推搡間，雙方都掛了彩，結果全被請進局子裡。

"我們已經排過隊了，人還在車上，為什麼還得排？這不是霸王條款嗎？"鮑美芳對段小兵說，"而且我是女孩子，他是男的，男的怎麼可以打女的？"

確切來說，是女的先打男的，男的被動擋了一下，結果一來二去，最後演變成"真的"全武行，但在鮑美芳的認知中，她不過是"推"了對方一下，男的卻打了她，這是不可原諒的事。

後來在警方的調解下，雙方互道對不起，這件事就算結了。哪知有好事者將視頻發到網上，不幸的是輿論全站在男方那一邊，鮑美芳這下子完了，不僅接收到來自全網的惡意，甚至被人肉，連自始至終都"呆若木雞"的段小兵也被波及，現在全國都知道段小兵是XX銀行XX分行的櫃員，住在上海市XX區XX路XX弄XX號XX室。

"小兵，這種女人不能要，還是趕緊分了吧！"這是段小兵的家人說的。

"小兵，娶妻娶德，寧願單身也別引火上身啊！"這是段小兵的同事說的。

然而段小兵卻堅定地選擇不離不棄，並且期限（一個月）一到便急匆匆地與鮑美芳領證結婚，無視"反對者眾"這個事實。

婚後，鮑美芳依舊火氣沖天，連路邊的野狗也會無端被她踢上一腳，可是段小兵卻心無波瀾，因為自從娶了惡女回家後，沒人敢再欺負他這個老實人，他只需專心應付一個（自己的老婆）就夠，相比從前，那要好太多了！

（809）

莉雅逢人就說她運氣好，養了一隻不爭不搶不吵不鬧的小狗，而且特別粘人，對誰都熱情，唯一的缺點是怎麼教都教不會上廁所，家裡經常臭氣熏天，她不得不請教獸醫。

"妳的狗智障。"獸醫宣佈。

莉雅感覺很不可思議，怎麼她的狗就智障了？

"你確定？"她問。

"確定。"獸醫停頓了一下，"妳的狗認妳嗎？"

莉雅的狗雖然友善，對每個人都搖尾巴，但待她並不"特殊"。

“可是我是它最親的人啊！”莉雅答。

“我問的是——妳的狗認妳嗎？”

“好像認又好像不認。”

“妳認為這正常嗎？”

一語驚醒夢中人，莉雅終於正視這個問題。

“它還有機會恢復正常嗎？”莉雅問。

“其實大部分的主人都沒留意到自己的狗智障，有人甚至覺得狗呆萌一點兒更好。”

“你沒回答我的問題。”

“好，我現在回答妳——妳的狗能夠維持這個智力已經很不錯了，未來隨著年紀增長，也許還會更差。”

自從決定不生孩子後，莉雅便把狗當兒子養，如今醫生宣佈她的狗兒子智障，她雖感到詫異，另一方面卻又覺得慶幸，還好沒真的生出個智障兒，要不然這會兒哭死了。

“謝謝！我知道了。”莉雅對獸醫說。

“別難過，養狗是宿命。”獸醫安慰她。

“我不難過，真的，不會上廁所就穿紙尿褲唄！沒什麼大不了的。”

離開寵物醫院後，莉雅身輕如燕，逃過一劫大概就是這種感覺吧？！

（810）

村裡有一條河，名曰愛河，看起來潺潺流淌，實則水高浪急，如果不諳水性，分分鐘會要人命。

這一天，阿燦行經愛河，忽聞有人高喊——國旗掉入水裡了。

阿燦不由分說地往下跳，當他攜帶著國旗從水裡冒出頭來時，兩岸傳來歡呼聲，阿燦感覺自己就像個民族英雄。

兩日過後，阿燦又行經愛河。

“不好了，孩子掉進水裡了。”有人高喊著。

阿燦猶豫了兩秒鐘，哀嘆一聲後，他脫下鞋，將鞋跟併攏，接著跳入水中……

（811）

Enrique是一名攀岩愛好者，他爬過無數個有名的懸崖峭壁和城市大樓，無一失手，可是自從遇見Olivia之後，他開始頻繁失手，若不是身上有繩索繫著，他早粉身碎骨。

今日，Enrique與短視頻製作方簽了協議，他將徒手攀爬將軍岩，沒有任何保護措施。

將軍岩的斜度接近垂直且表面光滑，攀岩者無不視為畏途，何況身上還無任何輔助與防護工具。

"你一定要爬嗎？"Olivia問。

"是的。"Enrique答。

“分手吧！”

“好。”

分手後，Enrique開始做攀岩前的準備工作，這包括體能訓練和實地演練（當然繫上了安全繩）。

到了正式攀岩的這一天，現場人員無不屏住呼吸，短視頻製作方甚至擬定了B計劃——萬一Enrique掉下來，攝影依舊進行，後期再把血腥鏡頭做馬賽克處理。

整個攀爬過程險象環生，好幾次Enrique都覺得挺不過去，還好幸運之神站在他這邊，他最終得到一百萬歐元的獎金。

“Enrique，”Olivia奔向他，眼眶含淚，“我很高興你完成了挑戰。”

“還分手嗎？”他撫摸她的頭問。

“看情況。”她答。

這兩人詮釋了什麼是真正的愛情！

（812）

因為瑣事，紀城宇用水果刀捅死友人後服毒自殺，經搶救，最終從鬼門關回來。

"被告人紀城宇，男，1982年5月5日出生，住在XX市XX區XX路XX弄XX號XX樓XX室，無業，因涉嫌故意殺人罪於2023年7月1日被逮捕，現羈押於XX市看守所內。本院認為被告人故意非法剝奪他人生命，其行為已構成故意殺人罪，根據刑法第232條的規定，被告人紀城宇應當判處死刑，剝奪政治權利終身……"法官宣判。

紀城宇懵了，救他一命就為了讓他聆聽自己被判死刑，這他媽的也太搞笑了吧？！

"被告人，你對判決是否有異議？"法官問。

經法律援助律師提醒，紀城宇才知道法官正在問他話。

"有，既然要判我死刑，為何又救我？這豈不是浪費納稅人的錢？"

"這是兩碼子事，救你是因為人道，判你死刑是因為正義得以申張。"法官答。

三年九個月後，紀城宇被押上刑場，在這段被關押的期間內，他總共踩了10800個小時的縫紉機，又糊了2700個小時的紙袋，終於勉強抵消掉納稅人花在他身上的錢；反觀他的"室友"吉大中就沒那麼幸運了，"只"關押了11個月就上刑場，誰讓他少了醫院那筆賬單……

（813）

斯圖爾特先生一打開庭院裡的灑水器，不出五分鐘，安達曼太太就來敲門。

"水灑到我家了。"她說。

斯圖爾特先生看了一眼灑水器，再看一眼馬路對面的房子，這個距離是不可能的。

由於前幾次的交涉皆徒勞無功，斯圖爾特先生決定另謀出路。

"安達曼太太，我昨天剛買了新茶葉，您何不到我家喝杯茶？"斯圖爾特先生說。

"不，不用了。"安達曼太太顯得慌張，"我習慣喝自己泡的茶。"

"那麼吃塊蛋糕也行，我太太剛好在，女人總有聊不完的話題，不是嗎？尤其您先生不在了，也許您正想找人說說話……"

"抱歉，"安達曼太太後退兩步，"我忘了爐子上還燉著肉，也許下次吧！"

隔天，安達曼太太改去敲馬丁先生家的門，理由是他家的狗吵得她徹夜難眠。

"我家的狗是松獅犬，這種狗很安靜，基本不叫。"馬丁先生解釋。

"它肯定是叫了，否則我不會整晚輾轉反側。"安達曼太太答。

"我說沒叫就是沒叫，如果它叫了，我怎會不知道？"

這兩人為了狗到底叫了沒吵得不可開交，最後在警察的介入下，暫時偃兵息甲。

離開馬丁先生家的安達曼太太並不覺得有何不妥（孤寡老人多少有點兒擰巴，不是嗎？），她不想整日悶不吭聲，又不想接受別人的憐憫，只能用這種法子刷存在感……

（814）

宋微竹與蔣夢琪打小就有瑜亮情結，這樣的明爭暗鬥直到宋微竹讀完研究生，蔣夢琪遠嫁日本才戛然而止。

今天，宋微竹在一場座談會上偶遇蔣夢琪的父親，這才知道蔣夢琪喜獲三胎，成了名副其實的家庭主婦。

"聽說蔣夢琪的老公事業有成，是多家公司的負責人。"宋微竹說。

"沒有的事，不過是一名普通的上班族，也不知流言是怎麼傳的。"蔣父答，"對了，妳目前在哪兒高就？"

當得知宋微竹是一名天使投資人時，他

不無感慨地表示自己的女兒可惜了，她原本可以有更好的發展。

的確，像蔣夢琪這樣琴棋書畫樣樣精通且智商情商雙在線的人，放在任何一個平臺應該都會幹得風生水起。

與蔣父道別後，宋微竹回到位於黃浦江邊的豪宅，鐘點工剛走，洗好的碗盤還在瀝水……

當宋微竹終於能坐下來吃口熱飯時，一通電話不期而至。

"宋小姐，老闆想與您面談，您看何時有空？"何祕書問。

宋微竹查了一下行程表，約了明天下午四點見面。

掛斷電話後，宋微竹繼續吃飯，但吃著吃著，失落與憂愁竟爬上心頭……

她，一個38歲的大齡單身女性，住在每月得還貸58,000元的房子裡，每週看20家以上的公司，每年花至少960個小時聆聽創業者要怎麼創造價值與改變世界，其他還有看不完的數據和報表。縱使兢兢業業、如履薄冰，娛樂活動也壓縮到近乎為零，仍難免有看走眼的時候。此次大老闆約見面，想必是對她近日來的表現不甚滿意，她該如何應對？

想到在日本守著丈夫和3個孩子的蔣夢琪，宋微竹竟有微微的醋意，競爭了十多年，這是她第一次感到迷茫，不知奮鬥的意義在哪裡，果然高處不勝寒，哎……

劉慕瓊是個追星族，她瘋狂迷戀男演員黎承恩，某日竟潛入他的住所。

當黎承恩拍戲回來，發現家裡來了一位不速之客時，露出迷惑的表情。

"你是不是很意外？" 劉慕瓊問。

"有點兒。" 黎承恩走到吧檯，" 妳喝什麼？威士忌、金酒還是白蘭地？"

劉慕瓊有些慌張，她還不到法定喝酒的年紀。

"可以給我果汁嗎？我……17歲。"

哪知黎承恩立即變臉，果斷下逐客令。

“拜託，別趕我走。”她哀求著，“不管什麼酒，我喝就是。”

然而無情的鐵門還是關上了，劉慕瓊萬般後悔地蹲坐在門口，思忖等天一亮，她再找機會向黎承恩道歉。

過了好一會兒，一輛轎車急駛而來，從車上下來一位冷豔型的女子，她看了坐在地上的劉慕瓊一眼，問：“被退貨了？”

“我不是來送貨的。”劉慕瓊解釋。

女子冷笑一聲，接著按下對講機。

“誰？”男人問。

“送外賣的。”

門開了，女子推門而入。

約一個小時後，女子離開，劉慕瓊走上前按下對講機。

“誰？”男人問。

“警察。”

男人飛快掛了對講機，劉慕瓊心目中的男神也瞬間瓦解，風一吹，什麼都不留
……

網傳歌手謝峰的新婚妻子是名媛速成班的學員，一時議論紛紛。

"峰，晚上吃餃子好嗎？"姚孟紗問。

"嗯！"

"再來碗湯？"

"嗯！"

飯桌上，儘管姚孟紗努力帶動氣氛，謝峰仍一語不發。

"我去洗碗了。"她說。

話音剛落，謝峰火速抓住她的纖纖小手，問："妳認識丹丹姐嗎？"

姚孟紗的心喀噔了一下，心想該來的終究躲不過。

"認識，她是我髮小的姨媽。"

"那……"

"沒有，我以我父母的性命發誓，如果你還是不信，我只能以死明志，因為失去你的信任，我已生無可戀。"

看妻子淚眼婆娑，謝峰流露出懊悔的神情，兩人很快言歸於好。

時間往前推兩年，丹丹姐問謝峰有什麼要求？

"年輕、漂亮、聽話。"他答。

"沒問題，只要你說得出，沒有我丹丹姐給不了的。"

"對了，妳可千萬保密，就算對新娘子本人也得守口如瓶，因為我希望她永遠活在自己的謊言裡。"

"此話怎講？"

"說了一個謊就得用更多的謊來圓第一個謊，到最後她已經分不清真假，只能跟著自己的人設走，這才是定製老婆的最高境界。"

丹丹姐點頭如搗蒜，此刻的她已經分不清自己是甲方還是乙方，不過這不重要，老鴇向來都是兩面通吃......

47

（817）

為了復興前政權，Pong成了激進份子，行動失敗後，他四處流竄，已到了窮途末路的境地。

Pong的父親收到求救信後，連夜趕往維蒙府北部的小村莊。

“爸，不是讓你一個人來嗎？”Pong對父親說。

“你受傷了，這位是醫生。”他的父親解釋。

雖然來者的樣貌看起來不像醫生，但基於對父親的信任，Pong還是伸出手臂，只一會兒的工夫，Pong便沒了聲息。

"他走得很快，基本沒什麼痛苦。"同行男子說，手裡還拿著針管。

"這是最好的結局，絕不能姑息異議份子！"Pong的父親答。

"很好，"男子拍拍他的肩膀，"國家就需要像你這樣大義滅親的人。"

男子走後，Pong的父親抱頭痛哭，聲音之淒厲連遠在家鄉的五名男丁（Pong的弟弟們）也接收到了，一個個心悸得厲害！

（818）

當老國王在世時，一切尚屬平靜，等他一駕崩，一些細微的聲音開始出現，保皇黨立即尋線追蹤，貨車司機阿南被抓個正著。

"跪下！"保皇黨員推他一把，"好好反省你的錯誤。"

"我犯了什麼錯誤？"阿南問。

"不得議論王室，而你議論了。"

"哪怕我只是說新國王長得像猴子？"

"哪怕你只是說新國王長得像猴子。"

阿南無語了。

七日過後，阿南走出拘留所，警察告誡他別再亂說話。

"會的，不經一事不長一智。話說回來，咱們的新國王沒猴子機靈，仔細一看，其實也沒那麼相像。"

話一答完，阿南又進了小黑屋。

今天，白若曦和男人手牽手走在大街上，一個女人衝過來，不由分說就給白若曦一個大耳刮子。

"幹什麼妳？"男人護住白若曦的頭，"瘋婆子！"

"呵！我是瘋婆子，那她是誰？一個專門勾引有婦之夫的爛X，也只有你這個傻B才會被耍得團團轉，我是倒了八輩子血霉才……"

男人的妻子罵得越凶，沉默的白若曦就顯得越發楚楚可憐，這勾起男人的保護慾，不管妻子如何撒賴放潑，他就是護住小三不放手。

「你⋯⋯不愛我了嗎？」男人的妻子哽咽問道。

「不愛了，就算全天下的女人都死絕了，我也不可能愛妳！」

此次交鋒，白若曦完勝。

幾日過後，戴若曦和男人手牽手走在大街上，一個女人衝過來，不由分說就給戴若曦一個大耳刮子，戴若曦也不是吃素的，兩人扭打在一起⋯⋯

男人見狀，悄咪咪地走開。

此次交鋒，出軌男人完勝。

（820）

青竹偶然在網上看到詐騙犯的照片，怎麼看怎麼像是寄宿家庭裡的另一名學生K，可是她不動聲色，直到K搬離了，她也沒想過報警。

幾個月後，青竹湊巧在社區公佈欄上看到搶劫犯的照片，怎麼看怎麼像是住在巷底的老墨，可是她無動於衷，直到離開卡梅爾小鎮，她也沒想過報警。

兩年後的某天，同學告訴她新來的轉學生很可疑，老是說祖國的壞話，這次青竹直接跳起，立馬就報告大使館，不帶一絲猶豫。

（821）

一個和尚走在鄉間小路上，一不小心踩死了一隻蝸牛，他立即雙手合十，嘴裡唸著《地藏菩薩本願經》。

"你在幹嘛？"路過的小學生問。

"我在替蝸牛超度。"和尚答。

"什麼是超度？"小學生又問。

和尚解釋超度是為亡者祈求冥福，藉以減輕輪迴惡道的困擾。

小學生撓撓頭，表示聽不懂。

於是和尚告訴他——超度後的蝸牛會很快樂。

“你能不能也替我超度？”小學生說，“我每天都有寫不完的作業，還經常捱罵，我很不快樂。”

於是和尚為他唸起了《般若波羅蜜多心經》：“觀自在菩薩，行深般若波羅蜜多時，照見五蘊皆空，度一切苦厄。舍利子，色不異空，空不異色，色即是空，空即是色……”

小學生心想原來超度就是唸咒語，像哈利·波特唸的一樣。

（註：哈利·波特是英國作家J.K.羅琳的同名小說系列中的主角，是一個具巫師潛能的虛構人物。）

（822）

1992年，陳照泓在一座美麗的歐洲小鎮邂逅了一位美麗的姑娘，她的性情溫和，總是笑容滿面，像靜靜吐露著芬芳的空谷幽蘭……

陳照泓很想娶她回家，但身為大學教授的父親卻竭力阻攔，理由不是"非我族類"，而是姑娘的學歷不高，做的還是收銀員的工作，恐與陳家的書香門第格格不入。

從小到大，陳照泓都沒讓家人失望過，這次也一樣。

幾年後，Jacqueline嫁給了世界知名的網球運動員，消息上了國內新聞，陳照泓因此鬱鬱寡歡了好一陣子，後來雖打起精神，但伊人的倩影一直揮之不去，直到二十年後另一則消息傳來——網球運動員車禍成植物人，妻子散盡家財只為保夫命。

陳照泓仔細一讀，原來這是一條舊聞，Jacqueline其實已經照顧植物人丈夫逾15年，不管旁人如何勸說，仍堅持不安樂死，縱使家產花光殆盡，孩子們不得不提早輟學也在所不惜。

讀完，陳照泓沉默良久，這的確像是他的白月光會幹的事，如果當初娶了她，而自己又不幸成了植物人……

想至此，陳照泓不禁脊背發涼。

阿秀是個未婚姑娘，當她挺著大肚子出現在婚姻介紹所時，被那裡的紅娘好一通冷嘲熱諷，阿秀的臉青一陣紫一陣的。然而幾日過後，曾對她大張撻伐的紅娘卻180度大轉變，聲稱有個合適人選，如果看對眼，馬上就能扯證。

"他……知道我的情況嗎？"阿秀小聲地問。

"知道，不就是找個接盤俠嗎？"

這下子阿秀反倒猶豫了，不介意替別人養孩子的男人……正常嗎？

"妳怎麼不出聲？"紅娘沉下臉來，"過了這個村可沒這個店，要不我回了？"

“不不不，”阿秀急了，“我……我還是見一面吧！”

想娶阿秀的男人是個保險業務員，長得斯斯文文的，戴著一副金邊眼鏡。

寒暄過後，男人邀請阿秀回家見他的父母。

阿秀一聽，心都要跳到嗓子眼了，趕緊表示自己還沒準備好。

“要什麼準備？我的車就在外面，半小時就能見上面。”男人說。

阿秀本想再次拒絕，但一琢磨，男人可能打的是“速戰速決”的策略，也好，如果他的家裡人不同意，就別浪費彼此的時間了。

茅塞頓開的阿秀一點頭，兩人即刻上車。

半小時過後，阿秀出現在男人的父母面前，可是場面不像她想的那樣。

“要嘛讓我娶阿雲，要嘛讓我娶阿秀，二選一。”男人對雙親說。

“這……”男人父親指著阿秀的肚子，“這都快臨盆了，不娶說得過去嗎？”

男人遂解釋阿秀肚裡的孩子不是自己的，兩老聽完後，眼睛瞪得比銅鈴還大。

後來男人開車送阿秀回家，阿秀越想越委屈，在車裡哭得稀里嘩啦。

"別哭，我不會讓妳做白工，給我妳的二維碼。"男人說。

當阿秀看到匯款數字（￥50）時，一會兒哭一會兒笑，像個瘋子似的。

（824）

連續被相親對象拒絕後，杜建軍決定自己打造心目中的理想妻子，目標直指15歲以下少女，因為這個歲數的女孩單純，還未被社會的不良風氣帶壞。

在網上沖浪許久後，杜建軍終於找到一位來自大山的未成年人小玉。

妳幾歲？

13。

讀初一？

沒讀了，父母不在，爺爺奶奶又管不了我，我是自己逃出來的。

妳目前靠什麼維生？

我還未成年，商家都不敢僱用，王哥哥看我可憐，給我吃，又給我住，有時還會給我錢。

王哥哥多大了？

25，但看起來像我二伯一樣老。

他結婚了沒？

沒，他說不是他不想結，而是現在的女人都太精了，不是理想妻子的模樣，他要自己打造。

杜建軍一讀，兩眼發光，打字的速度更快了。

他要怎麼打造？

沒說，事實上他很少說話，要說也是命令我做這做那，還不允許我上網。

那妳現在是怎麼上的網？

翻牆啊！每當王哥哥睡著後，我就翻牆出去，網吧裡有吃有喝，還能打遊戲，怎麼也比待在屋內強，何況王哥哥睡覺時會打呼，吵得我整晚睡不好。

妳和他一起睡覺？

沒辦法，家裡只有一張床，只能擠一塊兒睡，但睡覺就睡覺唄！他這個人還有個壞習慣，老喜歡趴在我身上尿尿，還會到處亂摸，如果不是沒地方去，我真想一走了之……

杜建軍邊讀邊冷汗直流，一時竟想不起自己上網為哪般？

（825）

黃小明的爸爸在鎮上開了一家麵包店，一名流浪漢上門討吃的，黃爸給了他兩個麵包，外加一瓶水。沒過多久，另一名流浪漢也上門討吃的，可是黃爸卻不假辭色地趕他走，黃小明很不明白，同樣是討吃的，為什麼會區別對待？

黃爸解釋：“第二位流浪漢的手裡夾著菸，有錢買菸卻沒錢買吃的，這不挺可笑的？記住了，千萬別讓居心不良的人利用了咱們的愛心！”

黃小明聽完，點頭如搗蒜。

那位被黃爸趕出店外的流浪漢很沮喪，

只能猛抽手裡的菸屁股，那是不久前他
從地上撿拾的，菸身還留有些許溫度……

（826）

我是一隻屎殼郎，每天都要吃下大於自身體重的糞便，否則便會全身無力、精神萎靡。

據說我們在古埃及是神聖動物的象徵，有位作家還將我們寫進小說裡，不過這些對我來說都不重要，除了找糞、運糞和吃糞，我的小腦袋瓜裡裝不下別的。

這一天，一名人類幼崽抓到我，將我放進一個紙盒裡，見我對投餵的食物不感興趣，只好搬來救兵。

"老天！這是屎殼郎，吃大便的。"救兵說，"快丟掉！髒死了。"

人類幼崽照做，現在的我在排汙管裡載浮載沉，不敢相信自己竟會如此好運氣

，坐擁金山銀山大概就是這種感覺吧
？！

此刻的我，無比幸福！

（827）

Mary是喬納國的外交部發言人，當被外國記者問到喬納國的人民是否擁有言論自由時，她斬釘截鐵地回答Yes。

新聞發佈會結束後，Mary坐車離開外交部，當行經民主廣場時，幾個手舉標語，嘴裡還喊著口號的人正被警察押上警車。

Mary將車窗搖上，像什麼事都沒發生過。

在Mary的眼裡，真正的自由不能凌駕於國家之上，只要不批評國家，怎麼說都行，意即她今晚的發言並無不妥，喬納國的人民的確擁有"正確"的言論自由。

沒過一會兒，車子忽然劇烈搖晃起來，不用說，肯定是柏油路面上的坑窪還未填補。

" 搞什麼？都一個禮拜過去了，怎麼市政府還沒……" 司機忽然住嘴，迅速看向後視鏡，後視鏡裡的Mary也在看他，" 還沒……還沒接到民眾的報修電話？"

Mary大鬆一口氣，這年頭好司機難找，她可不想頻繁更換司機。

（828）

飛龍國在C總統的領導下國泰民安、歌舞昇平，但貪官汙吏日益增多也是不爭的事實，他的幕僚建議他及早剷除，免得養虎為患，然而C總統卻不為所動。

次年，國內政局動盪，反執政黨的遊行活動如火如荼地進行著。C總統見狀，開始反腐倡廉，一共捉獲9名官員，沒收不當所得48億元，群眾一片叫好，原本的示威活動變成歌功頌德的大型集會，警察不僅沒驅趕，還幫著維持秩序。

交口稱譽下的C總統果然在下屆選舉中勝出，可惜連任的寶座還未坐熱就趕上金融海嘯，飛龍國的經濟急劇下滑，失業人口不斷攀升，民眾苦不堪言，紛紛上街頭抗議。

眼看局面就要失控，C總統再次下令抓貪官，一共捉獲2168名官員，沒收不當所得13萬億元。有了這筆鉅款，飛龍國的經濟終於止跌回升，危機解除了不說，C總統的民眾支持率還創下新高。

至此，C總統的幕僚終於明白他的高瞻遠矚與用心良苦，原來養虎不一定為患，養肥了再吃，更好！

（829）

貝里托恃才傲物、目空一切，就算是天皇老子來了，也不能讓他低頭半分，然而他的愛妻忽然染上惡疾，所有民間大夫皆束手無策，他不得不請求覲見聖上。

"貝里托，聽說你心高氣傲，幾次召你進宮皆被拒，怎麼今日忽然請求見朕？"皇帝問。

"陛下，我來是希望御醫能替我的妻子治病。"

"那有什麼問題？只要你下跪，我就讓御醫前去替你的妻子治病。"

貝里托思考了一下，還是下跪了。

“你下跪的姿勢不對。”皇帝說。

“我該如何下跪？”貝里托問。

“你不是很聰明嗎？自己琢磨去吧！”

貝里托試了不下20種跪法，皇帝依然說不對。

“罷了，”貝里托起身，“我回家琢磨吧！”

回到家的貝里托又試了好幾種跪法，他的妻子看了心酸，悄悄咬舌自盡了。

貝里托發現妻子沒了後，收拾起悲慟的心情，向她行了個最敬禮，那是他琢磨了108種跪法後，最好的一個。

# （830）

黑土國被白雲國奴役了近50年，最後在游擊隊和他國的幫助下奪回主權。

當全國上下載歌載舞地慶祝勝利時，負責播放音樂的人一個不小心，誤放了白雲國的集結號。

黑土國人民一聽，迅速排好隊，嘴裡唱著白雲國的軍歌，聲音響徹雲霄。

（831）

今天是福特警官的休息日，當他遛狗遛到第八街與第九街的交界處時，看見一名小男孩上了冰淇淋車。

"嗨！請給我一個香草口味的冰淇淋。"福特警官說。

"好的，稍等。"小販打了冰淇淋，"這是你的，2.9英鎊。"

福特警官付了錢，接著問車上為什麼會有一個小男孩？

"我讓他自己打冰淇淋。"小販答。

福特警官立即向男孩求證，男孩證實了小販的說法，同時強調這是免費的。

“孩子，世界上沒有免費的冰淇淋，你立馬下車。”福特警官說。

男孩當然不願意，福特警官遂拿起隨身攜帶的對講機請求同事前來支援。

知道眼前是便衣警察後，小販將男孩推下車，接著火速將車開走。

到嘴的冰淇淋就這麼沒了，小男孩對福特警官怒吼：“我恨你！你是個混蛋。”

看著那張不甘心的小臉蛋，福特警官的記憶一下子跳回到23年前，當時的他還是個8歲孩童，被冰淇淋車小販從車上推下，他摸摸自己的屁眼，那裡椎心的疼………

（832）

經過激烈的競爭，研究生畢業的尤梅君終於考進國企，然而上崗前，HR卻告訴她崗位取消了，現在尤梅君只能到30公里外的街道辦事處上班。

“這不是兒戲嗎？崗位怎麼說沒就沒了呢？”尤梅君氣憤問道。

“妳剛就業，很多事情不明白，我也是爭取了很久才為妳爭取到沒那麼遠的另一個崗位。”

看HR依然在打太極拳，尤梅君改變策略，既沒對著幹，也沒明確表示接受，為的是替自己爭取時間查個水落石出，果然……

78

“妳說謊！”尤梅君臉色鐵青，“那個崗位並沒有被取消，取代我的還是一名大專生！”

HR欲言又止，這讓尤梅君更加確信自己正是被犧牲的那一位。

“聽著，我寒窗苦讀了二十年，忽然被一個不如我的人給取代了，換成是妳，妳甘心嗎？”她哽咽問道。

這次HR沒有欲言又止，而是建議她據理力爭。

“就這？不應該是妳替我據理力爭嗎？”尤梅君問。

“不，我只能替妳上報，妳得自己據理力爭。話說回來，妳已經準備好接受據理力爭後的結果嗎？”HR問。

尤梅君當場並沒有表態，幾日過後，她還是到街道辦事處報到。

這個結局讓HR大鬆一口氣，想當初面試時，她特意給看起來好拿捏的尤梅君打高分，如果事與願違，那可真是搬石頭砸自己的腳啊！

林達是一位模特兒，這一天，她正在伸展臺上排練走秀，經紀人批評她的手擺動得太厲害，看起來很不協調。

"這是我的個人特色。"林達說。

"那不叫個人特色，那叫標新立異，妳若想繼續走秀就別搞特殊，否則給我下臺來。"經紀人不假辭色地懟回去。

五年後，林達第一次站上國際舞臺，並以特殊的手擺姿勢受到全球矚目，記者問她的經紀人對此有何看法？

"那是她的個人特色，我沒什麼好說的。"林達的經紀人答。

碰巧看到這一幕的林達感慨萬千，她等待了五年才覓得一個絕佳的機會去證明自己是對的（上臺前，她並沒有知會經紀人屆時會搞"特殊"），而那個長期否認與打壓她的人卻用短短兩句話帶過，這公平嗎？

此時，記者發現了林達，問她有什麼話要說？

"我要感謝我的經紀人，是他讓我嚐到涅槃重生的滋味，還有，我的合約即將到期，希望新合約能讓我滿意。"她答。

鏡頭轉向林達的經紀人，他點頭如搗蒜。

（834）

今天，潘啟研在網上沖浪，看到一位博主發出靈魂拷問——寫作十年，終於有出版社伸來橄欖枝，只有分成，我該不該簽約？

潘啟研往評論區一瞧，那裡已經築起高牆，清一色全是勸退，理由是先給一筆版權費是常規，否則就是白嫖。

"不是還有分成嗎？"潘啟研忍不住發表看法，"再說了，博主已經苦等十年，與其將作品束之高閣，倒不如試試。"

豈料此言一出，群起攻之，潘啟研寡不敵眾，只能灰溜溜地換平臺。幾番瀏覽下，他看到了一則寓言故事，內容如下：

．．．

有個人抓了一簍筐的臭蟲，打算隔日賣給油炸昆蟲的小販。夜裡，有一隻臭蟲（姑且就叫它小強吧！）拼命想往外爬，可惜總不能成功，因為底下的臭蟲會合力將它拉回。

"為什麼拉我？"被拉至簍筐底的小強氣憤問道。

其他臭蟲你一言我一語，全是"好心"勸退，理由五花八門。

"這樣吧！我力氣大，可以背一隻同伴往外爬，願意的舉手。"

小強話一說完，所有的臭蟲皆舉手。

讀完故事，潘啟研脊背一涼，心想——臭蟲之所以臭，不是沒道理啊！

（835）

知道女醫生死了，杜詩蘭露出勝利的笑容。

時間往前推13天，女醫生在泳池裡與一名17歲的未成年人發生爭執，理由是對方非禮她。

有人說泳池裡人多，不小心碰到極有可能，不需要吹毛求疵，但女醫生表示對方就是有意為之，不存在誤會一說。

見女醫生拼命解釋，而且是"好為人師"型，杜詩蘭來了精神，幾番唇槍舌戰下，成功吸引一批批的"杜詩蘭們"進場圍剿，女醫生身心疲憊地離線。

次日，杜詩蘭陰陽怪氣地跟女醫生道早安。

"聽著，我不明白妳為什麼死咬著我不放？妳不用工作嗎？妳不用讀書嗎？還是把時間用在更有意義的事情上吧！"女醫生回覆。

"怎麼辦？昨晚我夢到妳被一群未成年人輪番性侵，我就血脈僨張，既工作不了，也讀不進去一個字，妳救救我吧！"

女醫生一生循規蹈矩，何嘗聽過這樣的汙言穢語？果斷拉黑。

杜詩蘭不死心，用另一個號去轟炸她，13天後終於在她和"同好"們的不懈努力下傳來捷報。

絞死一個後，杜詩蘭緊接著尋找下一個，目標直指較真型，這種人最容易以死明志，也是最佳的狙擊對象，這可比虛擬的殺人遊戲好玩多了。

（836）

火星村和牛舌村因為一條河鬧得雞犬不寧，這一天，牛舌村又抱怨上游的火星村汙染水源，雙方發生嚴重口角，牛舌村村民忍無可忍，利用租來的無人機向火星村散發傳單，上面皆是辱罵人的話；火星村也不慣著，直接在河裡下藥，導致牛舌村村民上吐下瀉。這一來，兩村算是徹底決裂，動武成了無可避免之事。

三星鎮鎮長得到情報後，一個頭兩個大，他原是牛舌村村民，理應胳臂往內彎，但職責所在又令他不得不中立，所以很是苦惱。

思來想去，與其兩面不討好，鎮長決定將格局打開……

當兩村村民聽說鎮長要施工導流（把原先流經火星村和牛舌村的河流導向嗷嗷村）時，架也不打了，集體蹲守在河流兩岸，誓死要與河流共存亡。

解決了立即的危機後，鎮長接著釜底抽薪，隨機將兩戶火星村的村民移居到牛舌村，又將兩戶牛舌村的居民移居到火星村，兩村"聯姻"後，再也沒有狗屎事發生，完美！

（837）

鄭西寬喜歡吹笛子，偶爾也寫詩，奈何家境實在太貧寒，自己又正值血氣方剛，漸漸便淪為古惑仔，也就是所謂的黑社會混混。

這一天，鄭西寬和同夥走在路上，不小心與人發生碰撞，一言不合便大打出手。別看鄭西寬的個頭最小，卻是最拼命的那一個，連連幹倒好幾個，即使頭破血流也在所不惜。

十幾年後，鄭西寬從收保護費的小弟一躍成為KTV老闆，雖然開業期間時有糾紛發生，但都被他給"大事化小，小事化無"，偶遇狠人，甚至連"卑躬屈膝、低聲下氣"也幹得出來。

“哇操！你的‘天不怕地不怕’跑哪兒去了？”他的昔日同夥笑話他。

“人總得長大，成天打打殺殺也不是辦法。”他答。

話是這麼講，但只有鄭西寬自己心裡清楚——年輕時他窮，命不值錢，現在生活好了，當然惜命，所以能不動干戈就不動干戈，真要動干戈，他也沒在怕，只是上陣的不會是他，而是命不值錢的小弟，就像他當年一樣……

（838）

從前從前有一個集權國家，只要人民不聽話就會被關進牢籠裡。後來，連逮捕人民的警察也不聽話，最高領導人索性打破牢籠，讓整個國家成為一個大監獄。

“這下子安全了。”最高領導人想著。

（839）

今天，范明哲又去討薪，結果沒變，還是那句話——范明哲學歷造假，按規定開除，薪水不予發放。

"就算我造假，好歹也工作了20多天，怎能一塊錢也不給？"范明哲說。

於是HR給他轉了一塊錢，正因為這個侮辱性的動作，范明哲失去理智，他拾起桌上的圓珠筆刺進HR的頸部，當場血流如注，而他也戴上了銀手銬。

事情發生後，人們議論紛紛，更多的是指責19歲的孩子過早放棄學業，如果讀完大學再就業就不需要學歷造假，也就不會有如此的悲劇發生......

躺在病床上的HR看完評論，心想：“我他媽的大學畢業，還他媽的沒學歷造假，就因為執行他媽的公司決定，結果他媽的躺在醫院裡，這根本就不是他媽的有沒有過早放棄學業，而是我他媽的運氣背，如果來的是他媽的軟柿子，我還他媽的好著呢！”

（840）

鴕鳥原產於非洲，是世界上最大的鳥類。它們以長頸、長腿和快速的奔跑能力而聞名，有生長快、繁殖力強、易飼養等優點，在許多國家被廣泛馴養……

以上是百科詞條，現在我要告訴你的是一個不列於百科上的大祕密，那就是母鴕鳥每次下蛋17個，不多不少，所以動物園會利用這個特性，偷偷拿走其中幾個。當母鴕鳥發現下蛋下少了，便會繼續下蛋，直到湊滿17個為止。

"一次下蛋17個未免過多？"你問。

“不多不多，”我答，“有些鳥類一次能下二十幾個蛋。”

“噢！那聽起來也還行。”

“你就沒瞧出哪裡不對勁？”我問。

你想了想，得出“動物園很狡猾”的結論。

我哀嘆一聲，果然一騙一個準。

（841）

3 4歲那年，我跳海自殺了。閻羅王說我的陽壽還有12年，由於我臨陣脫逃，所以處罰我每天同一時間都得跳海一次。

起初，那真是痛苦萬分，口耳鼻和肺部相繼進水所帶來的劇烈撕裂感和灼燒感，等於再死一遍。後來我想通了，橫豎都得經歷，我何不苦中作樂？於是每天換著花樣跳水，有時直體，有時屈體，有時抱膝，有時翻騰兼轉體；水花也從一開始的炸魚演變成壓水花，也就是所謂的"水花消失術"。

當我的壽命終於到頭，閻羅王放我去投胎時，我無比興奮，因為接下來的這一

世終於有拿得出手的天賦（跳水），而
不是一無是處、光會吃苦的可憐蟲。

（842）

尋尋覓覓，阮其桂終於找到一家願意公費出版的出版社，談得正好時，編輯丟給他一道題：

您為什麼要出書？

A、為名。

B、為利。

C、為名與利。

D、只要能出版，其他可以忽略不計。

" 這是？" 阮其桂問。

"請回答。"編輯答。

阮其桂心想出版當然為了名利雙收，這還用問嗎？於是選擇C，結果編輯將出版大門關上，把他給整不會了。

心有不甘的阮其桂換了個小號捲土重來，這次他選了B，心想自己正缺錢用，如果能有個三、五萬塊，他就知足了，豈料還是被編輯勸退。

第三次，阮其桂選了A，心想沒錢，有名氣也行，然而編輯還是給他軟釘子碰。

"合著是要我選D？他奶奶的，我就看編輯要怎麼自圓其說。"阮其桂憤怒想著。

得到答案D的編輯沉默良久，經阮其桂再三催促才又問了第二道題："您寫作多久了？"

阮其桂心中暗啐，但仍耐著性子反問："這有關係嗎？"

"有。"編輯答，"如果您的寫作時間不長卻能看破，代表答案存疑。不瞞您說，我社要找的是多年懷才不遇，只求一個出版機會的'老'作者。"

這下子阮其桂懵了，難不成出版社成了慈善機構？

編輯表示那倒也沒有，因為出版市場變幻莫測，既然都是"賭"，當然得選"不給自己添堵的"，那些苦於無人賞識的作者，即使銷量不理想，對出版社只會懷抱"知遇之恩"；相反的，野心勃勃者只會埋怨，殊不知90％以上的書籍都撲街，不賺反虧。

"那……我看我還是找別家吧！"阮其桂說。

"沒關係，祝您寫作愉快。"編輯答。

阮其桂的計劃是再給自己20年的時間，如果還是無法公費出版，那也只能吃回頭草囉！到時候就真的是答案D（只要能出版，其他可以忽略不計）了。

（843）

今天，我家阿姨跟我說她不想月結工資，想日結。

"為什麼？"我問。

"這樣比較清楚明瞭。"她答。

我拿出計算器一算，一個月8000元工資，扣除4天休息，每天就是296～333元（依大小月和有沒有閏日的不同而有所差別）。

"如果妳一定要日結，那就按每天296元計算。"我說。

豈料阿姨一口答應下來，我心想這不是傻了嗎？如果逢大月（31天），日結下來尚能拿到7992元/月；若逢二月不閏日

（28天），一個月就只能拿7104元，怎麼看都是僱主佔便宜。

可是接下來我就笑不出來了，因為阿姨自從日結後，請假日數增多，後來我才知道她跑到醫院當陪護，一天能有500元收入，不過這種活兒很累，一週一次到頭了（掐指一算，我沒賺反虧）。

果然想賺勞動人民的"小錢"難如登天，但賺"大錢"卻容易多了，我看我還是讓阿姨投資我的燒烤店吧！

（844）

二戰期間，情報人員Ｍ被敵軍抓獲，經過一系列身體與精神的折磨，Ｍ已奄奄一息。

"拜託，別再死撐了，告訴他們實情吧！"翻譯員Ｓ說。

Ｍ咬緊牙關，硬是一個字也不肯透露。

Ｓ看不下去，轉而向執行酷刑的軍官求情，反而捱了一巴掌，這些Ｍ都看在眼裡。

兩年後戰爭結束，存活下來的Ｍ卻患上創傷後應激障礙，不得不從軍隊退役。退役後的Ｍ由於病情一直沒有好轉，生活得很不如意，他把一切過錯都歸在Ｓ頭上，認為是Ｓ造成了他的不幸，並且進一步走上復仇之路。

經過不懈的努力，M終於找到S。

“還認得我嗎？”M問。

此時的S坐在門廊的搖椅上，聽見來人操著一口異國語言，他的記憶一下子回到從前。

“記得，你是那個倔強的情報員，當時我很害怕你會一命嗚呼。”S答。

“別講那些沒用的，你知道我為什麼來找你嗎？”

“不知道。”

“我是來取你性命的。”

“呃！為什麼？”

一句為什麼讓M怒火中燒，如果不是S，他不會妻離子散，也不會至今還被惡夢纏身。

聽到M的控訴，S表示自己只是一名翻譯員。

“可是你卻是那時候唯一有良知的人，然而你什麼也沒做。”M答。

S聽完心頭一緊，這豈不是強行入罪？但仍耐著性子勸說，可惜M全聽不進去。

"既然這樣，陪我吃最後一餐吧！"S說
。

M勉強同意，兩人進屋後十分鐘，S打電
話報警。

"入室襲擊者現在的狀況如何？"接線員
問。

S看了看躺在地上的人，回答："他的腳
動了一下。"

"知道了，請保留現場，警察和救護車
馬上過去。"接線員說。

掛斷電話後，S再度舉起兒子的棒球棍
，但只一會兒工夫便放下。

沒辦法，心軟是他的軟肋。

（845）

4〇歲高齡才嘗試丑角角色的丁鳳渝一夜之間大火，採訪接踵而至，可是她卻一一謝絕，謙稱自己只是幸運，遇到了一個好角色，任何人出演那樣的角色都會演得比她棒，倘若想採訪，那就採訪劇中的男女主角吧！他倆是她見過最用心的演員，每個眼神和動作都經過反覆推敲，配得上視帝與視后的名號。

嫌"借花獻佛"還不夠，丁鳳渝接著讓助理通知各大媒體——下週一早上十點她要到本市安康路上的安康養老院探望老人，這是私人活動，請不要跟拍。

（846）

房價崩塌前，千穗里已早先一步賣掉唯一的住房，淨賺1億日元。如此先知先覺，她母親逢人便誇女兒眼光獨到，如果放到現在，別說賺了，能不虧就已是萬幸。

千穗里的母親並不知道女兒把賣房賺來的1億日元投入股市，買時一股242元，現在降到每股59元，她想死的心都有，卻還要佯裝若無其事的樣子，簡直百爪撓心！

某天，千穗里的老公一進門就說："妻，國家出手救股市，妳明天就把賣房錢全取出來，咱們買股票去。"

千穗里欲言又止，她老公感覺不妙，趕緊打破砂鍋問到底，當得知老婆已早先一步買了股票時，直呼高明！

“你……不生氣？”她小心地問。

“我幹嘛生氣？我們馬上就要成為富翁啦！”她老公興奮地答。

事實證明他倆也曾短暫當上“富翁”（股票觸底反彈，最高時曾達到每股68_7元），只是抽身太慢，很快又被套牢。

“開飯了，夫。”千穗里說。

“吃吃吃，每天就只知道吃，我都快煩死了。”

“別煩，”她夾了一筷子地瓜葉到自己碗裡，“煩又不能解決問題，煩出病來才不值呢！”

話說千穗里也煩，但與獨自承擔股票下跌的苦楚比，那簡直快活得不得了。說到底，是千萬人的哀嚎消弭了她一人的緊張焦慮（尤其她老公也被拖下水），以致於她從未像此時此刻一樣如此感恩所發生的一切……

（847）

打工太辛苦了，湯亦辰決定回家啃老去。

面對忽然出現的兒子，兩老很是開心，大魚大肉伺候著，但很快便發現了不對勁。

"兒啊！你打算什麼時候回去上班？" 他母親問。

"不上了，每天累得要死，賺的還不夠買包菸抽。"

他父親緊接著問他對未來的打算，湯亦辰答他想寫作，網上所謂的爆文寫得還不如他，他認為這是日進斗金的好機會。

湯爸湯媽並沒有馬上打擊兒子的異想天開，然而一年過後還是破防了，雙方發生激烈爭吵，一篇文章也沒寫出來的湯亦辰不得不灰溜溜地重回職場。

反觀柳石就聰明多了，他跟父母說自己想考公務員，兩老高興壞了，不僅全力支持，逢人還說自己的兒子有理想、有抱負。

就這樣，柳石在家一躺就是五年，年年都落榜，可是玩遊戲卻玩成了大神，就問您服不服？可憐柳爸柳媽仍被蒙在鼓裡，以為房門後的兒子還在辛苦備考，連話都不敢說得太大聲，免得影響他學習……

（848）

逍遙國負債2000億元，財政部長急得跳腳，W總統卻老神在在，理由是——逍遙國有2億人口，分攤到每個人頭上只有區區1000元而已，不多不多。

沒過多久，某府發大水，由於太晚發警訊，加上排水系統不良、事後解救行動又遲緩，釀成了重大傷亡。

見攤上了大事，內政部長一夜白頭，W總統卻氣定神閒，理由是——逍遙國有2億人口，事故只死了幾千人而已，不急不急。

轉眼到了總統大選的日子，由於平日怠惰因循、疏於管理，他的幕僚對選舉結

果很是擔心，總統卻不疾不徐，理由是
——逍遙國有2億人口，流失幾張選票很
正常，不慌不慌。

事實證明果然如同Ｗ總統所言（他又高
票當選了），畢竟誰也不會將票投給正
在醫院搶救的另一名總統候選人Ｈ，如
果真投了，無異加速他的死亡……

（849）

上班早高峰，帕塔恰望眼欲穿，好不容易來了輛公交車，他使出九牛二虎之力才擠上，看著被拒之車門外的大多數，帕塔恰感覺自己不僅厲害，還很幸運，然而很快他便笑不出來了，因為公交車的前行速度緩慢，看樣子遲到將不可避免，想到又要被老闆狠批，他立即沒了力氣。

"奇怪，平常沒那麼堵啊！"

"是不是有什麼大人物出行？"

"等等，我來查一下……有了，總統兒子今天出國留學。"

••••••

乘客們議論紛紛，此時，一架飛機劃過
天空，車廂立即安靜下來，不過也只是
短暫沉默而已，幾秒鐘後又恢復生氣，
該嚼舌根的繼續嚼舌根，該煩惱的依舊
煩惱，一個也沒落下。

（850）

今年產的蘋果又小又不甜，但蕭家老爹還是指使自己的傻兒子上集市叫賣，心想就算賣不掉，練個膽量也好。

"蘋果蘋果，又大又甜的蘋果，一塊錢一個。"蕭家的傻兒子吆喝著。

顧客一看，明明是小蘋果，卻說成大蘋果，這不是睜眼說瞎話嗎？

流失第一位顧客後，蕭家的傻兒子改口："蘋果蘋果，不大但很甜的蘋果，一塊錢一個。"

顧客一看，蘋果的確不大，但如果是甜的，一塊錢一個也合理，於是問可不可以試吃？

蕭家的傻兒子點頭，第二位顧客試吃後也流失了。

連續失去兩位顧客，蕭家的傻兒子接著吆喝：「蘋果蘋果，不大又不甜的蘋果，一塊錢一個。」

顧客一聽，不大又不甜的蘋果竟也要一塊錢一個，這不是坑人嗎？

當第三位顧客也空手離開後，蕭家的傻兒子甩擔子不挑了。

「喂！你這蘋果怎麼賣？」有人問他。

「不賣了，」他答，「你想要就拿走吧！」

話音一落，眾人一哄而上。

「別搶別搶，那些蘋果不甜。」蕭家的傻兒子喊。

這時候誰還管蘋果甜不甜？連品相不完整、帶蟲的，一個也不留。

今天，曹大媽在小區遇到一個臺灣人，她問他上哪兒去？

"我去領錢。"他答。

"這麼好？上哪兒領？"

"很多地方都能領，譬如中國銀行、招商銀行、工商銀行等。"

聽完，曹大媽來了精神，問是什麼時候的事？

"什麼'什麼時候的事'？"臺灣人反問。

"就是能在銀行領錢這件事。"

臺灣人露出迷惑的表情，接著表示已經

很久很久了，搞不清楚是什麼時候開始的。

“什麼人可以領？”她不懈地問。

“什麼人都可以領，只要有銀行卡。”

“你的意思是在ATM機上操作？”

“在ATM機上操作比較簡單，妳想在櫃檯領也可以。”

“可以領多少？”

“想領多少就領多少，不過ATM機有限額規定，妳如果想一次領多點兒，最好上櫃臺領。”

再三確認臺灣人沒開玩笑後，曹大媽帶上銀行卡直奔銀行櫃檯，結果差點兒被誤會是瘋子。

反觀臺灣人，與曹大媽道別後，他心想：“這女的是不是外星人？”

（註：臺灣人普遍把“取錢”說成“領錢”。）

蔣氏夫婦的退休金加起來一個月能有個一萬八、九，即便是在消費相對高昂的一線城市，這個收入仍是可觀的。換言之，他們的煩惱不是來自物質，而是來自精神層面——唯一的女兒已三十有二，體重160斤，五官不醜，但一胖毀所有，至今仍待字閨中。

"瑤瑤，妳不是才剛吃完飯？怎麼還吃零食？"蔣母說。

"吃塊巧克力怎麼了？"蔣碧瑤答。

"妳就不怕變胖？"她父親問。

"今天吃又不會今天胖，減肥的事明天再說吧！"

這類的事多了，蔣碧瑤感覺與家裡的隔閡越來越大，想逃離的心也就越發強烈，所以當學校問她要不要到迪拜擔任漢語老師時，她一口答應下來。

自從來到迪拜後，蔣碧瑤第一次感受到男人投來的炙熱眼光，原來她的體型並不是硬傷，相反的，這裡的男人見她就像見到一塊淌著蜜汁的糖⋯⋯

“蔣老師，我可以請妳吃飯嗎？”

說話的是蔣碧瑤的學生阿卜杜拉，年紀比她大上一輪，但學習的精力不減。

“我不喜歡吃阿拉伯食物。”她答。

“那妳想吃什麼？”

“我想吃小鍋米線。”

阿卜杜拉問她什麼是小鍋米線？她解釋這是中國雲南的一道麵食，口味兼具酸味、鮮味、甜味和辣味。

“沒問題，”他答，“我讓我家廚子給妳做。”

原以為這是個玩笑話，沒想到阿卜杜拉還真讓廚子給做出來（後來才知道是請了中餐廳的廚師代勞）。為此，蔣碧瑤大受感動，她從未想過有人會為了博她一笑而煞費苦心。

阿卜杜拉為蔣碧瑤做的還不止此，但凡能用錢解決的，絕不讓她受半點兒委屈，甚至同意簽署婚前協議——娶妻只娶她一個，否則賠償2000萬迪拉姆（折合人民幣約4000萬元）。

只考慮了幾秒鐘，蔣碧瑤便接受了阿卜杜拉的求婚，兩人的婚禮辦得非常浩大，連迪拜酋長都出席了。

婚後的蔣碧瑤仍被老公寵上天，可謂是要風得風，要雨得雨……

“瑤瑤，妳剛吃完飯，要不要再吃點兒零食？”到女兒家做客的蔣母說。

“不了，肚子飽到不行。”蔣碧瑤答。

“妳就不怕變瘦？”她父親問。

“今天少吃又不會今天瘦，增肥的事明天再說吧！”

現在連蔣碧瑤的父母都覺得自己的女兒美出了新高度，怎麼看怎麼舒服，女人嘛！還是胖點兒好看。

（853）

寫作十餘載，簡銘訓越寫越迷茫，精心打磨的文學作品無人賞識，反倒"只重故事情節，不重遣詞用句"的網文大行其道，他不免糾結——自己該不該順應市場？

考慮再三，簡銘訓還是決定為五斗米折腰，然而事情並不像他所想的那樣，即便是全勤獎，他也賺得很辛苦，因為無法保證每天都有靈感，當搜索枯腸時，別說3000字了，就是500字也很難產出。

"你這樣是不行的，"有位文友私信他，"首先得端正你的心態，你是來賺錢的，不是來拿諾貝爾文學獎的，所以怎麼俗怎麼來，因為大多數讀者的品味並不

高，而且迷信多即是好，你看我才寫了
兩個月，一百萬字的門檻已經達到了。"

簡銘訓心算了一下，想達到那個高度，
每天起碼得寫16，000字以上，媽呀！
這是人幹的事嗎？

文友答當然可以，只要懂得使用語音寫
作，完全可以做到，因為正常的語速下
，人一分鐘可以說200字以上。換言之
，每天只要"說"上80分鐘，輕輕鬆鬆就
能達到"小"目標。

"說？哪有那麼多可說的？"簡銘訓問。

"哪沒有？光男女主角的外表就能說上
好幾分鐘，譬如身高、膚色、有沒有戴
眼鏡、鼻子是高是低、有沒有硃砂痣……
等。外表說完說個性，譬如是I人還是E
人？喜歡什麼顏色？能不能吃辣？"

（註：I人和E人分別對應MBTI人格測
試中的兩大類型，I人指性格內斂，E人
指性格外向，兩者最大的區別是I人享受
獨處，E人更願意通過社交吸取能量
。）

簡銘訓讀完後咋舌，反問這不就是老太
婆的裹腳布（又臭又長）嗎？

“你聽還是不聽？不聽我下線了。”文友寫道。

“聽聽聽，”簡銘訓回覆，“這‘說’完總得潤色吧？！時間不也得五、六倍以上？”

文友答無需潤色，現在是快餐文化，只要一開始的情節還湊合，讀者自然而然會讀下去，即使有錯別字或張冠李戴的現象發生，也會選擇性眼盲，因為對他們而言，在一定時間內閱讀越多越好，這就好比吃自助餐，把肚子吃撐了才不虛此行，至於吃了什麼，只要不令人倒胃口即可。

“這……這未免也太……太那個啥了，萬一有機會出版怎麼辦？修改起來可是個大工程呀！”

“怕什麼？如果真出版了，還有編輯為你保駕護航，你只要確保自己有流量就行。”

簡銘訓從未想過還有此等操作，感嘆真是“聽君一席話，勝讀萬卷書”。

“好說好說。”文友答覆，“對了，我整理出十大最受歡迎的寫作模板，你只要依著大綱寫，不出幾個月也能像我一樣輕輕鬆鬆就寫完百萬字鉅著。”

"好呀！收費不？"

" 不收費，只要你點贊加關注，就能免費領取。"

簡銘訓照做，果然一年就完成兩本百萬字小說，這若放在從前，想都不敢想。

如今連簡銘訓這個寫作超過十年的老作者也得依賴模板寫作，不評這是進步還是退步，起碼他已經開始有"穩定"收入了，而這才是最諷刺的⋯⋯

（854）

新冠疫情前，金冠華本來想買下人生的第一套房，奈何房價怎麼都談不下來，一氣之下，他把首付款（50萬元人民幣）拿到泰國，輕輕鬆鬆就"全款"買下一套公寓，然而他的身邊人卻說他上大當了，這下子要租租不出去，要賣也賣不掉，只能爛在手裡。

冷靜下來後的金冠華很是懊惱，怎麼自己就這麼沉不住氣？而接下來的發展更是大跌眼鏡——近日金冠華竟以七折的低價賣掉這套公寓，得手35萬元，回頭再買下當初他怎麼也買不了的房，原屋主很客氣，說是金冠華解了他的燃眉之急……

· · · ·

（註：疫情解封後，中國房價曾短暫上揚過，接著便全面下跌，跌幅相當大，而且不易售出。）

（855）

某日，教堂裡的聖母雕像開始流淚，信眾們一傳十，十傳百，很快，上帝顯靈之說便不徑而走。與此同時，負責教堂水電維修的工人Sam忽然啞了，身為教徒的他必須擁有誠實和對宗教虔誠的品格，如果不能兩全，那麼請允許他噤聲……

（856）

如果給自殺地排名，不歸山肯定能入前三甲，至於是因為先有山名，所以自殺人數眾多，還是因為自殺人數眾多，所以才有了山名，現已無可考，反正上山的人十之八九都不會再下山，機率之高令人咋舌。為此，記者漢娜決定上山一窺此山究竟有何魔力，能讓自殺群眾趨之若鶩並且接二連三地自殺成功？

第一天，攝像頭捕捉到有個胖胖的男子站在山頂的欄杆前良久，當他往下一探後，很快便跨過欄杆一躍而下。

第二天和第三天也一樣，意圖自殺者起初都呈猶豫狀態，可是當看到山底時，全都不假思索地往下跳，這激起漢娜的好奇心——山下究竟有什麼？

當漢娜和攝影師爬上山頂並且放眼望去時，那叫個千巖競秀、風景如畫，心情也跟著大好，可是……

"看！山底竟然有個圓。"漢娜喊著。

"那是直升機的停機坪，"攝影師說，"上面還寫著H，也許以前真的作為直升機的起降地。"

漢娜一尋思，這或許是不歸山自殺率高的原因吧？！那個圓就像個箭靶，鼓勵自殺者正中靶心H。

當漢娜將想法上報給有關單位後，沒多久，政府便派人將原來的停機坪抹去，可是自殺的人數並沒有因此減少，正當大夥兒束手無策時，漢娜建議在100米遠的地方重新畫上停機坪。

"妳這是開什麼國際玩笑？嫌死的人還不夠多嗎？"有人譏諷她。

"我不開玩笑，試想有什麼比無法命中靶心更讓自殺者氣餒的？"漢娜答。

由於實在無計可施，政府也只好死馬當活馬醫，沒想到這季度的自殺人數直接少了一半。

有人問漢娜怎會有如此奇葩的點子？她
答她也曾試圖自殺過，但發現男友當日
不會回家後，瞬間就打消主意……

（857）

今天，單位的李處長邀林杏芬中秋節賞月去。

"你老婆和孩子呢？"她問。

"我老婆的娘家有事，我讓她把孩子一塊兒帶過去。"

"他們什麼時候回來？"

"很快，我只有一個晚上的時間。"

林杏芬心想——合著這是要跟我搞一夜情？

為了要不要放棄數十年來堅守的"處女情結"，林杏芬焦慮了一個多禮拜，最後不得不請教她的4個姐妹淘。

131

在聽完林杏芬的陳述後，這4人大致分為兩派，一派認為既然已經苦守了那麼久，何必急於一時？何況對方還有家庭，明顯只想吃白食；另一派則從林杏芬的生理需求考量，如果連"愛愛"的滋味都沒嚐過就絕經了，豈不可悲？

雖然姐妹們都分別給了意見，但林杏芬還是很迷茫，由於一時下不了決定，聚會沒多久便就地解散了。

當晚，林杏芬收到4個留言，全是姐妹淘的另一半發來的，她瞬間就不淡定了，果然天底下沒有不偷腥的貓⋯⋯噢！還有，千萬別相信"守口如瓶"這個承諾，因為那承諾就是個屎。

男人一走出小區，女人便一個箭步衝上去，抱著男人的大腿不放。

"麥元香，告訴妳多少回了，咱倆的事別影響到各自家庭，待會兒我老婆出門，讓她看到了多不好。"男人說。

"你已經影響到我的家庭，我老公吵著要跟我離婚。"

"這事別賴我，是妳同意的。"

"是我同意的沒錯，可是前提是你的表面功夫做得太好了，以致我一次次地選擇相信你。"

男人強調自己並沒有欺騙她，而是形勢比人強。

"那我不管，"女人答，"你答應過給我一個交代，說過的話就得算數。"

眼見圍觀的人越來越多且自己的老婆即將出門上班，男人不得不好話說盡，只求女人放過自己。

"行，我就信你最後一次，但你得給個期限，我總不能無休止地等下去。"女人說。

"下禮拜。"

"不行，那太久了。"

"後天。"

"還是不行。"

"明天……下午。"

麥元香思忖了一下，她老公給的期限是三天（超過了，房子就要斷供了），明天下午應該還來得及，遂放開手。

重獲自由的男人跑得比誰都快，他可不想讓老婆看到自己被離職員工討薪，至於吃瓜群眾的嘴……他管不著也不想管，反正被指指點點已不是頭一回，他早免疫了。

（859）

想當初如果不是男方在事業單位上班，已經30好幾卻依然不願將就的盧傲珊是不可能下嫁的，可是嫁過去之後，她才赫然發現自己上了賊船，因為老公的這份工作並不屬於編制，工資才1500元，還不是月月發放，基本會拖上好幾個月，也沒有五險一金，可笑的是連這樣的工作還得動用各種關係才能獲得。

"小盧，我真羨慕妳，老公拿的是鐵飯碗，這輩子可以舒舒服服地躺平。"盧傲珊的同事對她說。

"哪裡，這工作就是圖個安穩，大富大貴是不可能的。"

“妳錯了，這社會有錢不如有權，妳是人在福中不知福。”

盧傲珊心想一個不屬於編制的“外聘”人員哪來的權力？可是話到嘴邊卻成了——的確，他每天就是喝喝茶、吹吹空調、簽簽文件，求他辦事還得鞠躬哈腰。

也只有這時候，盧傲珊才能感覺自己沒被騙，甚至還有點兒輕飄飄的舒適感……

說到底，她是嫁給了“體面”，至少保住了她的“不將就”原則。

（860）

莊毅祥怎麼也沒想到只是參加個同學聚會，老婆竟將潘秀桃與他聯想在一起。

"我不過是幫她解決電腦問題。" 莊毅祥說。

"至於跑她家？"

"她使用的是老式電腦，又不是攜帶型，當然得上她家。"

然而這樣的解釋並沒有打消妻子的疑慮，反而加劇矛盾，久而久之，莊毅祥感覺心好累，決定不再反抗。

"你終於承認了。" 他老婆冷哼一聲，"告訴我，她好在哪兒？"

137

“她好在溫柔體貼，不會疑神疑鬼。”

“這樣就讓你感動了？果然又胖又醜的大齡剩女就只能靠這些爛招數來抓住男人。”

“好了好了，我都承認了，現在可以睡了吧？！”

然而莊毅祥終究還是太稚嫩，他那暴躁且多疑的老婆怎可能輕易饒過他？結果便是展開新一輪的徹夜審問，而更令他驚悚的是——次日一早，他老婆便號召一眾親戚上門教訓潘秀桃。

“對不起，”莊毅祥很是羞愧地對潘秀桃說，“我原以為只要承認了，就會從寬處理，沒想到把妳拖下水。”

“沒事，我反倒比較擔心你，這樣地獄般的生活一定很痛苦吧？”

從來沒有人關心莊毅祥過得好不好，潘秀桃的一番話像春風拂過他的心湖，吹起陣陣漣漪……

後來，莊毅祥還真的和潘秀桃走到了一起，他的原配可真是料事如神啊！

（861）

在失望這件事情上，呂其碩還未曾失望過，好比他認為自己肯定上不了大學，果然那年他就落榜了，後來還是通過3+2專升本（3年大專＋2年本科）才勉強得到大學學位；又譬如他認為心目中的白月光最終不會選擇他，果然分分合合若干年後，小惠還是離他而去……

今天，呂其碩走在公園內，發現有人擺攤玩套圈，橫豎無事，他花十塊錢得到十個塑料圈。

"呂其碩，"他對自己喊話，"你連塑料玩具都套不到，何況到處走動的活鵝，所以還是別做夢了！"

誰能想到當他的手裡剩下最後一個套圈，只能孤注一擲時，竟然套中了。

"不好意思，鵝得套中兩個圈才算數喔！"攤主此時才發聲。

呂其碩聽完後大鬆一口氣，接著喜形於色。

就說嘛！在失望這件事情上，呂其碩還未曾失望過……

（862）

鹽水伯是村裡第一個發家致富的人，他的魚塘最大，產的魚也最多、最好，可是村裡人對他的評價並不佳，因為他的孩子沒有人權。

"鄉下人要什麼人權？"他反問，"隨時保持焦慮和不滿，才有動力幹活，我的成功就是最好的證明。"

後來，全村開始抵制他，不與他交流還算小事，給他的魚下毒才夠狠。看著一條條的魚翻了白肚，鹽水伯氣不打一處來，直接上村長家告狀。

"如果你給家裡人人權，我負責將此事擺平。"村長說。

“我就不明白了，我的孩子們都沒說話，怎麼不相干的人卻管起閒事來？”鹽水伯問。

“我這樣說好了，如果你家的魚塘不大，產的魚也不夠多、不夠好，誰還管你家的孩子有沒有人權？”

後來，鹽水伯使出渾身解數當上村長（正確地說是村霸），並且下了封村令。現在，整個村子的魚塘都是鹽水伯的，所有的村民都替他打工，沒有人再提人權問題，反倒一片祥和……

（863）

經濟不景氣，李延、李珉兩兄弟決定跑船去，據說這類工作很好找，加上包吃住，賺的基本都能存下來。

兄弟倆問了一圈，跑船的月收入大概在2萬元人民幣上下，如果上的是外國船會更高，譬如水神號能給到驚人的10萬元/月。

有句話——事出反常必有妖。李家兄弟也清楚，但兩人的決定卻截然不同，哥哥李延選擇上水神號，弟弟李珉則待在本國船隻。

一年後，兩兄弟一前一後回到碼頭，除

了黑點兒、精瘦點外，從外表上看不出
異樣。

當日夜裡，哥哥李延問弟弟在船上的工
作情形，後者答：“除了苦點兒、累點
兒，其他沒什麼，你呢？”

“我也是。”

李珉心想早知如此，倒不如選擇高薪的
那個，於是說：“那麼過幾天我跟你一
塊兒上水神號吧！”

哪知李延立即阻止，同時表示自己不幹
了。

“為什麼？”李珉問。

“外國人有狐臭，我受不了，你肯定也
會受不了。”李延答。

“我受得了。”

“你受不了。”

“我受得了。”

“媽的，聽不懂人話嗎？我說你受不了
就是受不了。”

看著弟弟受傷的眼神，李延這才意識到
把話說重了，趕緊道歉。

“沒事，”李珉答，“其實狐臭不分國籍，我的上鋪也有狐臭問題。”

見弟弟沒聽出話中話，做哥哥的只好承認自己得了性病。

“你們船上有女的？”李珉問。

“沒有。”

李珉電光一閃，忽然明白了一切，遂說：“哥，原來你喜歡男的。”

李延苦笑著，心想在傷口上撒鹽大概就是這種滋味吧？！

3 5歲未婚的羅樂琪計算了一下，今生若想徹底躺平，至少得全款買下3套房（1套自住，2套收租），於是開啟發狂賺錢和存錢的模式，總算在55歲那年完成夢想，然而……

"你說什麼？"羅樂琪揚起聲，"國家給貧困戶和失業者發錢和房子，為什麼呀？"

"正確地說是資本家給的，因為機器人搶走大部分的工作，為了社會的穩定性，不得不做出補償。"她的朋友答。

羅樂琪一琢磨，她的房不算高端，根本不入高收入人群的眼，而低收入人群因為有免費的活動板房可住，當然不可能再花錢，等於她二十年來的兢兢業業、省吃儉用皆付諸流水。

"這不公平！"羅樂琪氣憤非常，"明天我就上街抗議去。"

"抗議什麼？鰥寡孤獨者也能領錢，算是由資本家承擔起社會救助的責任。"

羅樂琪愣了兩秒鐘才意識到說的是自己，原來不知不覺中她已成了"鰥寡孤獨者"裡的一員。

"能領多少？"她問。

當聽到一個極高的數字時，羅樂琪眼前一亮，但再一想，為了過上躺平生活，她錯過了那麼多（沒有老公，沒有孩子，連吃碗麵都捨不得為自己加塊肉），瞬間眼裡的光就沒了。

"不行，我還得抗議去，"她說，"正因為資本家免費提供住房，我才找不到租客，這賬無論如何都得算在他們的頭上。"

後來，資本家還真的買下她的兩套房，可是羅樂琪仍不滿意。

"妳到底想怎樣？"她的朋友問。

其實羅樂琪最想要的是資本家別發善心，讓每個人都自生自滅，可是這聽起來很不合邏輯（她本人也獲利了，不是嗎？），只能把委屈憋在肚子裡……

（865）

鬧鐘一響，北漂五年歸來的黎溫便從床上爬起，開始為父母準備可口的飯菜，好讓他們吃飽後能參加暴走隊，這是一種高強度且簡單易行的戶外運動方式。

等父母外出後，黎溫便動手打掃衛生，通常一、兩個小時能幹完，接著他為自己準備一杯清茶和一個水煮蛋，坐等父母回家。

今天，跟著黎父黎母一起回來的還包括剛採買的新鮮食材。黎溫匆忙看了一眼袋中物，心裡有譜了——中午煎條魚，炒個青菜，再來碗湯，晚上則簡單下個麵。

食過午飯，兩老回房睡覺，黎溫則趁機拿起日文教材自學，最近他迷上日本漫畫，心想如果能直接閱讀原版，應該是不錯的體驗。

晚上，黎溫煮了肉醬意麵，可是他父母覺得還是上海炒麵好吃。

"行，明天就煮上海炒麵。"他答。

夜裡，黎溫替兩位老人洗腳，接著送他們上床，等蓋好被子後，他才回到自己的房間。

有人說黎溫不思進取，只會啃老，這是自私的表現，但在他父母看來，讓兒子回家"就職"是他們做過最正確的決定，因為同齡人要嘛孤零零的，要嘛整天與保母置氣，哪像他們，24小時有兒子的陪伴和照料，不用擔心他心懷不軌，也不用害怕自己會被虐待……

"你家兒子整天窩在家有出息嗎？"聞訊趕來的記者問。

"你整天被老闆罵就有出息了？"黎父反問，"人生最重要的是開心，我兒子不偷不搶，既沒吃別人家的大米，也沒有成為社會負擔，怎麼就沒出息了？"

“難道你們就不擔心無後的問題？”記者又問。

“男人七十歲還能生，怕什麼？”黎母答。

接著，兩位老人又分別做了補充，簡單地說便是——反正財產最後都會給到兒子，差別在於一個24小時可見，另一個則是偶爾可見（甚至好幾年都未必能見上一回）。兩相比較，當然選前者囉！還有，雖然他們不反對兒子脫單，但前提是結婚後不能改變現狀，否則還是做朋友好，不一定得領證。

聽完，記者迷糊了，這家子到底是兒子啃老人，還是老人啃兒子？

看倌們，你們的答案是什麼？

（866）

林伯的女兒出嫁三個禮拜了，一直沒回來過，林伯甚是想念。今夜，猛烈的敲門聲響起，林伯前去開門。

"倩兒，是妳，快進來。"林伯往外探去，"白良呢？"

"爸，"林倩把父親推進屋，同時闔上門，"快，趕緊穿件外套，我們得走了。"

"走？這大半夜的，上哪兒去？"林伯的目光往下一落，"倩兒，妳怎麼沒穿鞋？"

話一說完，門刷的一聲被打開了，原來是林倩的老公鄭白良。

“爸，我跟阿良回去。”林倩急急地說。

林伯感覺奇怪，怎麼才剛進門又要走？可是還沒等他開口挽留，兩夫妻已經轉身離開。

“不對，倩兒沒穿鞋哪！”林伯猛然想起。

他在鞋櫃裡胡亂找尋，終於找到一雙看起來還保暖的鞋，醜是醜了點兒，但外面天寒地凍，此時也顧不上好不好看了。

林伯在寒風中小跑步，好不容易才趕上女兒和女婿。

“倩兒，爸給妳找了雙鞋，可能大了點兒，但也聊勝於無。”

說完，林伯彎腰把鞋放下，哪知女兒立即將鞋踢得老遠，等他把鞋撿回來，兩夫妻已不見蹤影。

當林伯百思不得其解時，林倩和老公已來到石橋上，下面是潺潺流水。

“跳！”鄭白良說。

林倩抿了抿嘴，接著縱身一跳。

鄭白良目不轉睛地看著底下流水，直到不能再拖了，才跟著跳下去……

回家後，濕漉漉的兩人洗了一個熱水澡。洗完，鄭白良用浴巾輕輕擦拭妻子的身體，再將她抱回床上，用毛毯緊緊裹住，像對待一個襁褓中的嬰兒……

次日，兩夫妻回家探望林伯，林伯多次想提昨晚發生的事，可是回回都被女兒轉了話題，加上女婿表現正常，於是不再詢問，好吃好喝侍候著。

一個多小時後，小倆口告別，林伯跟著來到玄關換鞋處，這才注意到女兒今天穿的是紅色露趾高跟鞋。

"倩兒，"他說，"都入冬了，怎麼還穿高跟鞋？腳不冷嗎？妳等等，我給妳找雙襪子。"

等林伯找到襪子，女兒和女婿已經不在，他下意識想追出去，可是卻被一股力量給拉了回來。

"家醜不可外揚，也許有了孩子，一切都會好的。"他心想。

（867）

Chris花7220美刀買了一枚1克拉的鑽戒，打算向交往近10年的女友求婚，哪知女友竟將戒指給扔了。

"老天！妳為什麼要動我的東西？" Chris斥問。

"你的垃圾桶裡有垃圾。" Hedy答。

想當初，Chris還為自己的主意沾沾自喜（女友絕不會動他的垃圾桶，因為目測只有三分滿），哪曉得Hedy真的將三分滿的垃圾倒進廚房的垃圾桶內，一併給扔進三天才來一次的垃圾車內。

知道男友把戒指藏在垃圾內後，Hedy也很著急，兩人聯袂奔向垃圾場，當看到成堆的垃圾山後，Hedy打退堂鼓了。

"算了，這要找到什麼時候？"她說。

"怎能算了？那是我攢了五個月的積蓄買的，反正不是妳的錢，所以才能說得如此輕巧。"

Hedy一聽來氣，兩人就站在臭氣熏天的垃圾場內唇槍舌戰，不一會兒，竟上升到肢體衝突，雙雙都掛了彩。

回家後，Chris仍想著該如何找回戒指，後來還真被他想到了，辦法便是在網上發起眾籌。

很快，Chris便募得26560美刀，他也沒讓資助者失望，轉身便幹了兩件事，一是在垃圾場附近替自己租下短租房，二是僱用臨時工翻找垃圾。

五天後，26560元花光殆盡，臨時工們頭也不回地走了，只剩Chris仍死撐著。

"我一定能找到！"他為自己打氣。

然而一個禮拜過去後，Chris還是放棄了，因為長時間處在惡臭之中，他開始出現頭暈、噁心和嘔吐等症狀，不得不中止行動。

回到家的Chris總感覺哪裡怪怪的，但又不知怪在哪裡。他匆匆洗了個熱水澡，又胡亂吃了點兒東西，這才坐下來查看郵件，結果不看不知道，原來他被老闆炒魷魚了。

"Shit，我不過曠工兩個禮拜，至於嗎？"他心想。

驚悚的還不止此，他發現網上竟出現攻擊他的言論，其中一位的發言更是讓Chris有不吐不快的衝動。

"那不一樣，"他打字，"26560元是能買下2克拉的鑽戒，但我要的是原來的那一枚。"

"這有什麼好執著的？"那人答，"我認為你應該問問女友的意見。"

Chris遂放下電腦，開始尋找Hedy，可是無論他如何呼喊，回覆他的依舊是一室的孤寂……

（868）

一般人以為家暴者隨時都會對身邊人動粗，其實不然，他們大部分時候是正常的，這也是Eugenia能一直忍受的原因。

"妳是不是有受虐傾向？"她的鄰居問。

"或許吧？！可是每當想離開他時，我又不免擔心。"

"擔心什麼？"

"擔心他哭，我丈夫那個人其實很脆弱。"

所以當Eugenia被指控殺害自己的丈夫時，這位鄰居第一時間跳出來闢謠。

“不可能！”她說，“Eugenia很愛丈夫，即使遭家暴，仍不離不棄。”

這位鄰居的證言很重要，因為死者死於窒息，而按照Eugenia的說法，這是她丈夫的性癖好，如果不照著做或做不到位，她會被丈夫拳打腳踢。

“那麼妳老公身上的傷呢？”檢察官緊接著問被告。

“這也是他的性癖好，他希望一邊做愛一邊忍受疼痛。”

後來，Eugenia被判三年有期徒刑，緩刑兩年，意即一天牢也不用坐，只要緩刑期間內無犯罪事實，即可免除刑罰。

當聽到宣判時，Eugenia流下淚來，她這個人……其實很脆弱。

（869）

陳芝芳的家境一般、長相一般、學歷一般、工作也一般，真要說有什麼特別之處，那就是她擁有紐西蘭護照，這還得感謝她的前夫，一個頭禿齒搖的洋老頭。

當陳芝芳的年齡邁過32歲大關時，有人向她介紹一名水電工，名叫顧鑫，年40，離異，有一女。

"你女兒跟誰？"她問。

"跟我老婆……呃！我的意思是前妻。"

"你每月給多少扶養費？"

"不多，折合人民幣約1000元。"

"那你的經濟情況怎樣？"

"收入時高時低，無房有車，車是92年福特。"

老實說，顧鑫的條件並不理想，所以陳芝芳的態度便從勢在必得改為騎驢找馬，兩人就這麼不鹹不淡地交往著，直到半年後的中秋節……

"太快了。"她答。

"妳知道產婦的年紀若超過34歲就要做羊膜穿刺嗎？我怕妳疼。"

陳芝芳不知道別人的求婚理由是什麼，但顧鑫給的理由的確奏效了，因為她怕疼。

婚後，顧鑫變得很佛系，連房事也是，不過在公民入籍這件事上，他倒是很積極。

陳芝芳心想如果她老公的撒種熱情有申請入籍的一半，她早該懷上了。

五年後，顧鑫成功拿到紐西蘭國籍，也就在同年，他的前妻和女兒登上了飛往南半球的航班……

"你這是把我當成跳板了？"陳芝芳咆哮著，"人渣！"

“別說得那麼難聽，妳不也一樣？別告訴我妳和洋老頭結婚是為了愛情。”

陳芝芳啞口了，除了被顧鑫說中心底的祕密外，還喚醒了她那塵封已久的記憶，如果她的“前前”夫執行了當初的計劃（等她入籍就飛來紐西蘭與她團聚），她也不致於一女三嫁，如今還落了個為人作嫁，報應啊！

（870）

前首富的女兒最近搬進離市區約五百多公里的莊園裡，過起地道的田園生活，不僅種植了莊稼，還養了一百多隻小動物，親力親為地打造出一個世外桃源；反觀前首負的女兒可慘了，躲進荒郊野外不說，每天還得操忙農事兼照顧一百多隻雞鴨，躬體力行地打造出一個悲慘世界……

（871）

三位老人坐下來討論什麼事最令人沮喪。

老林說他存了大半輩子的養老金，結果到頭來還是沒能跑贏通貨膨脹，這件事最令人沮喪。

老金說他一共生了五名子女，可是一個也不認他，這件事最令人沮喪。

此時坐在一旁的老馬似笑非笑，老林和老金不淡定了，要他也講一個。

"我認為最令人沮喪的事莫過於預言家預言成真。"老馬說。

"這有什麼好沮喪的？"老林和老金異口同聲地答。

"如果預言成真，那代表無論做或不做都難逃既定結局，還有什麼比這個更令人沮喪？"老馬進一步解釋。

老林和老金聽完後沉默了，然而才一會兒的工夫，這兩人竟不約而同地露出詭異的笑容。

現在換老馬沮喪了，因為他講的恰恰最不令人沮喪……

（872）

已近古稀之年的Jonson教授最近很煩躁，他的兒子瞧出了不對勁，問他怎麼了？

"昨晚我又夢見Tracy了。" 他答。

"Tracy？" 他兒子想了想，" 該不會是那位汙衊你性侵，差點兒就讓你名譽受損，最後羞愧自殺的女學生吧？！"

"正是。"

想當年，這件醜聞鬧得沸沸揚揚，若不是Jonson教授抵擋住壓力，拿出有力的證據自證清白，估計這個家早散了。

"好端端的，你為什麼夢見她？" 他兒子問。

166

“因為我感到愧疚，思來想去，還是決定向Tracy的家人致歉，省得她天天來我夢裡，搞得我快精神崩潰。”

“別說了，你是被汙衊的，該愧疚的是她。”

“不，不是這樣的，你聽我說。”

做兒子的並沒有讓父親把話說完，而是給了他兩片安眠藥，讓他早早上床睡覺。

次日醒來的Jonson教授依舊堅持道歉，而且越快越好，於是當日夜裡，他那有意參與市長選舉的兒子便給了他一針，說是有助安定情緒……

幾個小時後，Jonson教授在睡夢中離世，享年68歲。

（873）

兩個月前，劉婧虹和男友卓學賓到希臘旅遊，誰也沒料到會兩人去，一人回。

失蹤案發生後，希臘和中國警方都曾將劉婧虹列為頭號嫌疑人，奈何因證據不足，最後不得不放了她。

如今的劉婧虹雖然無罪，但情理上卻很難服眾，因為按照她的說法，卓學賓是在一眨眼的工夫內不見的，連個指甲蓋也未留下。

"說！人是不是妳殺的？"卓學賓的母親聲嘶力竭地質問。

"不，不是，我沒有。"劉婧虹急著搖頭

，＂如果我真殺人了，警察又怎會放過我？＂

卓母當然知道警察不是傻子，但好端端的一個人就這麼不見了，有哪個做母親的接受得了？

待心力交瘁的卓母離去後，劉婧虹的思緒一下子跳回到那個跳蚤市場⋯⋯

＂你說這小人穿著清朝官服，還留著小辮兒，該不會是古董吧？＂劉婧虹問卓學賓。

＂應該不是。＂卓學賓把青銅製小人放回去，＂如果真是古董，又怎會放進一個現代的零錢包內，而且只售10歐元？＂

話說得有理，可是沒過多久，劉婧虹還是拉著卓學賓趕回來，花6歐元（殺價的結果）買下小人。

＂搞不懂妳怎會喜歡那玩意兒？＂卓學賓問。

＂這你就真不懂了，我買的其實是零錢包，雖然破舊了點兒，卻是實實在在的牛皮製品，這年頭到哪兒找那麼便宜的零錢包？＂劉婧虹答。

也就在買下零錢包的當晚，卓學賓消失了，可是劉婧虹的二手零錢包內卻多出

了一個青銅小人，她越看，心裡越瘆得
慌……

（874）

當張民主的老婆生下第一個孩子時，他也曾有過憧憬（孩子乖巧懂事，一家人其樂融融），可是隨著孩子接二連三地呱呱墜地，這個願景變得越來越遙不可及，終於有一天，張民主爆發了。

面對父親的突然"變臉"，吵翻天的孩子們個個噤若寒蟬。張民主被當頭一棒，原來這才是"管理"的正確打開方式，從此在獨裁的道路上一去不復返。

親戚和朋友們見狀，也曾提出建言，但皆被他懟回去，理由有二，一是他有五個孩子，若不採軍事化管理，早亂成一鍋粥了；二是在他的集權管理下，孩子

們從不鬧事，這可不是每個家庭都做得到的，

張民主說的不無道理，眾人遂不再規勸。

一眨眼，張家孩子皆已成年，一個個循規蹈矩，連紅燈都不敢闖。

張民主很欣慰，他終於實現當年的夢想，還因替國家培養了一批服從性極高的公民，獲得一枚忠誠獎章。

今天是男人離開的第三天，吉娜的心情糟透了，尤其家裡能吃的已所剩無幾。

隔天，見男人仍沒有回來的跡象，吉娜只好外出覓食，可是運氣不好，只撿到一顆爛蘋果和一盒已吃了大半的便當。

到了第五天，男人終於回來了。

"咦！妳怎麼還在這兒？"他問。

吉娜被當頭一棒，這是什麼意思？

"我以為我們已經同居了。"她說。

"妳......妳可千萬別這麼想，我們一點兒關係也沒有。"

男人本想騙兩個錢花花，結果誤上了黑道大哥的女兒，他是偷雞不成蝕把米。

被迫走出男人家的吉娜很迷茫，怎麼當個普通人就這麼難？怪來怪去還得怪她的父親，如果不是“惡名昭彰”，她早擁有純粹的愛情……

（876）

酒吧裡，彼得和珍妮正交談著，這是他們第5次見面。

"妳男友還打妳嗎？"彼得問。

"最近他比較忙，沒空打我。"珍妮答。

"哈哈！這是好事。"彼得皮笑肉不笑，"對了，他有沒有說他在忙什麼？"

"無非就那點兒事，沒什麼重要的。"

"妳曾說男友要在M國總統演講時搞點兒大的，他是不是在忙這件事？"

珍妮答或許吧！接著表示她今天只能喝一杯，因為口袋裡的錢不夠。

“不用擔心，我請妳。”彼得很爽快地答
。

一個小時過去後，微醺的珍妮轉戰下一
家，熟悉的配方，但不一樣的味道。

“妳說妳老公在情報局工作？”安迪問。

“噓！”珍妮做了個噤聲的動作，“小點
兒聲，我不想讓別人聽到。”

安迪是F國特工，已經在C國埋伏近半年
，一直沒撈到什麼有用的信息，今日算
是瞎貓碰上死耗子，怎麼也得好好把握
。

就在他為珍妮買下第三杯啤酒後，總算
問出點兒東西來。

“你明天還來嗎？”珍妮問。

“來。”安迪果斷地答。

珍妮很開心，不出意外的話，安迪還會
請她喝上十幾杯，既有人陪說話，還能
省下酒錢，何樂而不為？

（877）

Kevin Wu在美國的一家製藥公司擔任研發員，他的主管是印度裔，而主管的主管還是印度裔，沒辦法，老印到哪裡都會拉上老鄉。可想而知，Kevin Wu在公司裡過得有多憋屈！

某日，他的主管的主管犯了錯，連帶把研發部的主管也一鍋端了，現在公司裡的印度裔員工全人心惶惶，害怕自己也會受牽連。

"Kevin，你的資歷最深，看來這次能高升了。"他的白人同事Jerry打趣地說。

Kevin嘴巴答不可能，但心裡其實很期待，他在這個崗位已經待了近九年，怎麼

也該輪到自己坐上研發部主管的寶座，
可是意外還是發生了。

"別氣餒，"Jerry拍拍他的肩膀，"還好
新主管跟你一樣是華人，不是老印。"

Kevin苦笑，他倒寧願老印當他的主管。

果然新官上任三把火，新主管的第一把
火便是表明自己大公無私，絕對不會偏
袒"自己人"。

Kevin思考良久後，決定做兩手準備，沒
辦法，老中到哪裡都會排斥老鄉（不止
是升遷之路被堵那麼簡單），看來他在
這個公司凶多吉少，得提早想好退路……

（878）

這一天，潘美枝的店裡來了一位奇怪的客人。

"你確定要點大份的？"她問。

"是的，有問題嗎？"他反問。

客人願意點大份，代表老闆能賺更多，當然沒問題，可是……

"你沒吃完哪！需要打包帶回去嗎？"她又問。

"不需要。"

後來那個瘦骨嶙峋且臉色蒼白的男人又來店裡數次，每次都點大份，可是每次都沒吃完。

“其實你點小份就可以。”潘美枝說。

那人盯著她好一會兒後，問：“妳為什麼關心這個？”

經男人這麼一提，潘美枝也思考起這個問題來，按理說，她應該鼓勵客人點大份才對。

“我也不知道，算我多管閒事吧！”她答。

當天下班後，潘美枝發現那個奇怪的男人竟然站在店外。

“打烊了。”她邊說邊拉下鐵門。

“我來是想請妳看晚場電影。”

這個奇怪男人的奇怪言行讓她嗅出不尋常的味道來。

“聽著，我結過婚，離了，所以也別期待我是個黃花大閨女。還有，我有兩個小孩，皆歸前夫，體重空腹時160斤，飽腹時就不好說了。”

“謝謝妳告訴我這些。”他波瀾不驚地答，“電影還有半小時就開場了，妳去還是不去？”

潘美枝後來還是去了，而且吃完一整桶的爆米花。電影散場後，那個奇怪的男人請她吃宵夜，席間，她問他叫什麼名字？

「齊彬，整齊的齊，文質彬彬的彬，不過多數時候我是沒有名字的。」

「沒有名字？」她笑了，「只有父母的光芒太過耀眼才會沒有自己的名字，你該不會是齊得開的兒子吧？！」

齊彬不置可否，也正是這個反應讓潘美枝對號入座了。

「告訴你，我在我家也是個公主。」她故意說。

「看得出來。」他停頓了一下，「妳要不要再多點些菜？」

知道此人正是齊老闆的兒子後，潘美枝不客氣了，而且專挑貴的點。

飯後，她問齊彬能不能送她回家？他很爽快地答應下來。

到達目的地後，他問：「這就是妳家？」

「嗯！很破，對吧？」

齊彬當場沒表態，但幾天後便為她租下一個商品房，並預付了半年的租金。

見他如此“好說話”，潘美枝乘勝追擊，要他買這買那，他也一一滿足了。

“你為什麼要對我這麼好？”她問。

“不知道，大概是老天爺的安排。”他答。

潘美枝以為這樣公主般的生活可以維持得久一點兒，沒成想卻是曇花一現。

“妳和齊彬是什麼關係？”警察問潘美枝。

“朋友。”

“男女朋友？”

說來奇怪，齊彬花了十幾萬元在潘美枝的身上，可是他倆的關係卻像白紙一樣純潔，連手都沒碰。

“不是男女朋友。”她果斷地答，“齊彬怎麼了？你為什麼找我問話？”

當得知齊彬兩天前自殺身亡後，潘美枝怔住了。

“妳有什麼想說的？”警察問她。

“沒有……有，他為什麼自殺？”

“不清楚，這也是找妳問話的原因，本來以為可以從妳這裡得到答案。”

潘美枝嘴巴答她什麼都不知道，心裡卻
瘆得慌，因為齊彬的不快樂早已溢於言
表。

“既然妳也不知死因，那沒什麼好問的
。”警察說，“對了，妳既然是他的朋友
，願不願意處理他的身後事？如果不願
意，屍體火化後將由殯儀館自行處理。”

潘美枝很不解，齊家少爺過世，怎麼也
不該落到“無人聞問”的境地，不是嗎？

警察聽完後很詫異，因為齊彬不僅不是
齊得開的兒子，還是轄區內有名的宅男
，這些年來一直靠著父母留給他的遺產
度日，說得上離群索居。

此刻的潘美枝忽然懂得齊彬為什麼對她
出手闊綽，他這是在找個能處理他身後
事的人啊！

“好，我來。”她答。

對於潘美枝來說，這是意料之外，卻也
是情理之中。

（879）

來英五年，我和老葉開始尋思買房，今日仲介帶看的是位於一個安靜區域的二層小樓。

我和老葉上上下下看了一遍，甚是滿意。

"這房還帶地下室，獨立進出，到時候你們可以往外租，又是一筆收入。"仲介說。

此時，小米開始哭鬧起來，而仲介已經攤開房子的平面圖。

"老葉，你看平面圖，我帶小米到地下室轉轉。"我說。

地下室如同仲介所說（獨立進出，確保
了隱私性），由於鑿了天井，採光算不
錯。

我轉了一下門把，門開了，我站在門口
往內看去，裡面有幾件簡易傢俱，基本
已達到"拎包入住"的程度。

當我正想將房門關上時，小米已經踩著
蹣跚的步伐進入，我只好跟隨其後。

" Hello." 沙啞的聲音傳來。

我猛一回頭，發現屋角的搖椅上正坐著
一位穿花襯衫的老人。

"對不起，我不知道屋內有人。" 我說。

" 沒事。" 老人對小米招手，" 過來，妳
叫什麼名字？"

雖然老人一臉慈祥，但小米就是不肯過
去，兩隻小手緊抓著我的裙角不放。

" 她叫小米，還害羞著呢！" 我解釋。

" 我女兒小時候也害羞，長大了就好。"
他答。

此刻，我忽然想起重要的事，問他和房
東簽了多久的租房合同？

"記不得了，如果妳將房買下，等租約到期後，我們可以續簽。"他說。

我和老葉的確需要這筆租金收入，既然有現成的租客，那再好不過。

回家路上，我迫不及待地把這件事告訴老葉，他也說好，理由是既縮短了空置期，還能省下一筆委託租房的仲介費。

既然我倆都看上了，買房事宜便提上日程，可是當我告訴事務律師地下室有租客時，他卻建議最好看一下原來的合同，免得招來麻煩，於是我們請求仲介代轉需求。

"我記得賣家曾說過地下室空置著。"仲介答，"沒關係，我去確認一下。"

當日夜裡，仲介給我們來電，確認了屋主原來的說法——地下室無人租住。

"這是怎麼回事？莫非鳩佔鵲巢?"我說，"不行，這房買不得。"

眼看到手的仲介費就要飛了，仲介要我稍安勿躁，他這就驅車過去核實。

隔天一早，仲介又來電，他表示地下室無人，我可以放心簽合同。

我一聽炸了，一個大活人怎會說沒就沒了？反正我是不信。

由於我和老葉執意打退堂鼓，情急之下，仲介讓賣家直接與我們溝通，希望能打消疑慮。

「我的確看到有人住在地下室裡。」我對著手機說。

「不可能，這房我從未出租過，包括地下室。」女人解釋。

「這麼說就是強行闖入囉！那我更不敢買，妳知道趕人得走程序，尤其那人還那麼老了，萬一有什麼差池，我可承受不起。」

「妳說對方是個老人……男的女的？」

「男的，穿著花襯衫。」

哪知我話一答完，對方便掛了電話，看來不簽約是對的，因為我最煩沒禮貌的人。

兩天過後，同一位仲介又聯繫我們看房，我趁機問起那棟差點兒就買成的小屋。

「賣家決定不賣了。」他答，「不僅如此，還打算從外地搬回來。想想可真奇怪，賣家當初賣房就是怕睹物思人，怎麼這會兒又不怕了？"

"睹物思人？"

"嗯！她與父親相依為命，父親過世後，她搬到二十公里外的牛津郡，同時委託賣房。"

仲介答完，開始自顧自地介紹起眼前這棟維多利亞時期的老建築，而我和老葉卻在秋風中不住地抖著、抖著……

（880）

這 幾天，姜海燕和楊梓新倆口子為了要不要留下腹中胎兒鬧得不可開交。

“不，這孩子堅決不能要，我可不想當罪犯的母親。”姜海燕說。

“聽著，咱倆試了又試，好不容易才懷上，就這麼放棄，豈不可惜？再說，連醫生都不確定超雄綜合症的孩子就是天生壞種，妳又何必未雨綢繆？”

所謂的超雄綜合症指的是患者比正常男性多了一條Y染色體，這是一種染色體異常現象，並不屬於常規意義上的出生缺陷，也沒有數據顯示一定與“犯罪率高"產生關聯，但坊間卻言之鑿鑿，甚至予以妖魔化。

"我不管，"姜海燕又說，"又不是你懷，你知道妊娠的過程有多艱難嗎？我才不願歷經千辛萬苦，到頭來還得膽戰心驚。"

見妻子鐵了心不要孩子，楊梓新只能採拖字訣（背地裡則絞盡腦汁）。皇天不負有心人，終於讓他找到法子了。

"燕兒，從古至今的中外統治者中，妳最欣賞哪位？"他問。

姜海燕想了想，給出幾個人名。

"妳說的這幾位我猜都是超雄綜合症患者。"楊梓新說。

"你也太扯了，怎麼可能？"

"怎麼不可能？成吉思汗一生東征西討，累計殺人超過5000萬。至於英國的亨利八世，死在他的野心之下者不計其數，六個妻子還無一善終，這是常人幹得出來的事嗎？"

"可是他們是最高統治者啊！"

"妳怎麼就斷定肚裡的孩子將來不是最高統治者？"

姜海燕陷入沉思，是啊！歷代留名青史者，哪個不暴戾恣睢？就算放在現代也一樣，但凡有點兒良知，還真下不了狠手。

“你說的不無道理，但我還是怕。”她答。

“那這樣吧！我們找個算命師，如果命中註定他就是個人人喊打的壞胚子，我無異議，全憑妳處置。”

話說得雲淡風輕，但背地裡楊梓新已佈好局，就等著妻子入甕。然而人算終究敵不過天算，姜海燕既沒見算命師，也沒有做人流，而是靜待分娩日的到來，因為那無可救藥的母愛竟在不知不覺中滋長，她已經不在乎孩子是天使或惡魔了。

果然愛能蒙蔽雙眼……噢！不，戰勝一切。

（881）

佟大勇一時衝動買了一隻哈士奇，結果這傢伙不僅吃的多，精力還旺盛，他那個精心佈置的家不知已被拆了多少回。佟大勇感覺心好累，一個念頭油然而生。

"阿哈，這裡有兩個牌子，一個通向自由，另一個被禁錮，你自己選。"佟大勇停頓了一下，"好好選，離手無悔呦！"

阿哈兩眼一轉，腳爪碰了紅色牌一下。

見狀，佟大勇怒不可遏，將兩個牌子洗了又洗，然後讓那隻笨狗再選，豈料它還是選紅色牌。

“天哪！你到底會不會選？”佟大勇氣得跳腳，接著舉起綠色牌，“看好了，這個牌子通向自由，選這個，懂嗎？”

在佟大勇的不懈努力下，阿哈終於選了綠色牌。

“這是你自己選的，將來可不能怨我喔！”佟大勇對狗說。

從此，這個世界又多了一條流浪犬。

（882）

廖詩婭到名古屋旅行，由於趕的是早上6點45分的非直航班機，整個航程近七個小時，抵達下塌旅館時，她已經累到不行，豈料旅館的入住時間是下午4點半。

"現在有空房不？"她問。

"有，但下午4點半才能入住。"旅館前臺答。

"有空房為什麼非得等到4點半？"她又問。

"不好意思，這是規定。您可以將行李留下，4點半再回來辦理入住手續。"

廖詩婭的內心嘀咕著，但也無可奈何。

回國後，廖詩婭忍不住向閨蜜黃怡嬌吐槽。

"怎麼那麼死腦筋？咱們國內就不那樣。"黃怡嬌話一答完，轉問小販，"多少錢？"

"一斤18，總共1.2斤，也就是21.6元，給21就好。"小販說。

"抹個零吧！就20，另外再給一把蔥。"黃怡嬌無比自然地答。

（883）

陳昊天走在路上，一個女人慌慌張張地攔下他，說："我的狗掉到河裡了，請救救它！"

事不宜遲，陳昊天毫不猶豫地跳進河裡。當一人一狗回到岸上時，女人感激不已，同時拿出100元當酬謝金，結果被陳昊天給婉拒了。

在另一個平行時空裡，陳昊天也走在路上，一個女人也慌慌張張地攔下他，說："我的狗掉到河裡了，請救救它，我會給你100元。"

陳昊天心想——這他媽的鬼天氣，泡在水裡可難受了。

"200元。"他還價。

（884）

眼看AI文日益成熟，賣文為生的李則廣很是擔憂，忍不住化名在社交平臺上曬出兩篇小說（A篇是真人寫的，B篇是人工智能寫的），請廣大網友們評價，沒想到得到很大的反響，歸納的結果是——兩者無可比性，雖然A篇也有缺陷，但邏輯性明顯好很多，不管是場景描寫或人物刻畫都沒有太大的Bug；反觀B篇，通篇不過是個大雜燴，東抄一點兒，西抄一點兒，很多地方還是硬拗的，AI文的痕跡相當明顯，根本無法與真人寫的相提並論……

讀完反饋，李則廣更加擔憂了，因為A篇是人工智能寫的，B篇才是自己寫的。與此同時，他的那點兒小心思也被識破，那才叫個尷尬！

（註：文學網站規定每天得寫4000字以上才有全勤獎可拿，當搜索枯腸時，李則廣偶爾也會"借鑑"一下別人的作品，原以為做得天衣無縫，沒想到此時此刻會被拿出來鞭屍。）

思考兩天後，李則廣決定改行當跑堂去（這個來錢比寫作快），趁機器人還未全面接替服務員的工作之際，多少給自己攢點兒生活費……

彭志浩與女友相戀半年多，每天噓寒問暖，感情甚篤。

某天，女友通知他可以見面了。

"是嗎？我太高興了！告訴我，妳想要什麼禮物？"他問。

"你來了就好，我不需要禮物。"她答。

話是這麼說，但彭志浩還是準備了一大束白玫瑰和一大袋羊角蜜。

"你怎麼送我白花？這不是咒我死嗎？還有，"她指向一個塑料袋，"這是什麼玩意兒？看起來髒髒的。"

彭志浩心頭一緊，白玫瑰是女友最愛的

花，羊角蜜則是她從小吃到大的家鄉零食，怎麼這會兒全不認識了？

他女友一聽，原來又是大數據惹的禍，於是耐心解釋給他聽。

"妳的意思是大數據會依據我的喜好，給我推理想女友？"他問。

"沒錯，上回有個音樂愛好者送我一把古董琴，天知道我連小提琴有幾根弦也不清楚，不過我還是收下了，畢竟一把古董琴能值不少錢。"

此話一出，彭志浩不高興了，斥問她怎麼還跟別人見面？他以為只有他倆是真心交往，別人不過是逢場作戲。

"你是來搞笑的嗎？"他女友笑不可支，"你是客戶，別人也是客戶，同樣一分鐘收五塊錢，我憑什麼厚此薄彼？話說回來，如果不是你勤上線，還輪不到你跟我見面，因為我的理想型是霸道總裁，你⋯⋯差遠了！"

回到家的彭志浩心如死灰，他原以為奔現後的結局是步入婚姻殿堂，哪曉得不僅事與願違，還毀了他心目中的白月光。

被傷透心的彭志浩一連數天都沒再上"AI虛擬女友"平臺，然而時間太難熬，一分一秒都是折磨。抵不過相思之苦的彭志浩最終還是上線了，視頻裡的女友依然美麗如昔，是他喜歡的"溫婉"類型。

"好幾天不見你，在忙什麼？"她輕聲細語地問。

"瞎忙。"

"再忙也要記得吃飯哦！對了，我烘了一個戚風蛋糕，拿給你看，好嗎？"

"隨便。"

女友消失了數秒鐘，再出現時，手裡捧著一個奇形怪狀的蛋糕。

"這蛋糕也太醜了。"彭志浩忍不住笑說。

"人家第一次做，難免出錯嘛！不過味道還行，你嚐嚐。"

話甫歇，女友挖了一小塊到鏡頭前餵他吃。

"怎麼樣？味道還可以吧？！"她問。

"太甜了。"他答。

“太甜了？那麼下回我少放點兒糖，不過也不能少太多，只少一丟丟，好不好？”

當女友說“一丟丟”時，特意將拇指與食指緊壓，樣子非常俏皮，彭志浩再次淪陷了。

“好，妳說什麼是什麼，全聽妳的。”他答。

此次視頻通話時長5分26秒，在扣除平臺費用後，那位“本尊”女友實際進賬19元，這還是她的267位男友（男友數還在不斷增長）中的“一位兼一次”消費，難怪月收入能達七位數，堪比一家小公司的營業規模。

（886）

2035年，科學家發明了一種藥丸，每天只需服用一粒即有飽腹感，同時還能產生愉悅情緒。

此消息一出，立即炸開鍋，因為這意味著有很多人即將失業。

"不可能，絕對不可能，小小的藥丸如何能對抗幾千年來的生存模式？再說，進餐的快樂和滿足感不是一粒藥丸能取代的。"

"國家應該立法禁止藥丸出售，這是保護就業者的生存空間。"

" 事出反常必有妖，等著吧！服用藥丸的後遺症很快會出現。"

" 一粒藥丸**100**美元，也只有有錢人才吃得起，對普羅大眾的生活其實影響不大，所以該幹嘛幹嘛去，別杞人憂天了。"

......

1964年，7-ELEVEN開放加盟經營，這種新型的便利店不僅簡潔明亮，而且回報率高。

此消息一出，立即炸開鍋，因為這意味著有很多人即將閉店。

" 不可能，絕對不可能，統一管理機制如何能對抗幾千年來的小型商業模式？再說，雜貨店的人情味和方便性不是連鎖店能取代的。"

" 國家應該立法禁止**7-11**營業，這是保護傳統夫妻老婆店的生存空間。"

" 事出反常必有妖，等著吧！**7-11**的短板很快會出現。"

「光加盟費就要好幾個月的薪水，也只有有錢人才加盟得起，對普羅大眾的生活其實影響不大，所以該幹嘛幹嘛去，別杞人憂天了。」

……

一群人受夠了這個吃人的世界，他們相偕前往深山老林，冀望在一片淨土上打造出自己的世外桃源。

起初，大家有商有量，互助互利，遇到難以決定之事時便投票表決，氣氛一片祥和。意料之外的矛盾出現在一次採果行動中，他們一共採到140個果子，而人數有56名，那意味著每人可以分到2個，剩餘28個。

有人提議剪刀石頭布，勝者多得1個，但Aalok不同意，因為那片果林是他發現的，多出的果子理應歸他。

"那不成，"Myra說，"湖是我發現的，那是不是意味著過去大家吃進肚裡的魚理應歸我？”

由於眾口難調，加上天色已晚，眾人同意將多出來的果子交給高風亮節的Zephyr保管，豈料隔天醒來一個也不剩，起因是昨晚有老鼠闖入並啃咬了果子，加上Zephyr認為不宜為了果子傷感情，所以把保管的果子全扔了。

“我不信，肯定是你偷吃的，你這個虛偽小人！”Adair說。

Zephyr何嘗受過這樣的屈辱？他果斷下山，離開這個他曾寄予厚望的“理想國”。

幾年後，Zephyr成了“萬惡資本家”中的一員，當看著世界按著自己的想法走時，他終於體會到當一名“有實力的壞人”是何等的滿足與快活……

（註：如果高貴不能換來高貴，那就用鐵腕來實現正義，Zephyr認為他正是那位正義之士——搜刮是真搜刮，做慈善也真的做慈善，兩不誤。）

（888）

揭發政府腐敗真相的眾議員Lawrence被曝身亡，由於尚未公佈死亡原因，網絡上充斥著各種小道消息⋯⋯

"你們通通閉嘴！我大膽預言死亡原因將會是背後身中20槍'自殺'身亡。"Tony自認幽默地寫道。

半天過去後，新聞發言人終於公佈死因——眾議員Lawrence常年受抑鬱情緒困擾，已於昨日夜裡吸汽車排氣管排出的廢氣身故，享年48歲。

"我還是認為背後身中20槍'自殺'身亡更有新意些。"Tony心想。

（889）

許柴妹意外撿到一個神燈，裡面的精靈告訴她：“妳有一次回到過去的機會，記住，只有一次。”

如果能回到過去，許柴妹最想做的便是告訴15年前的自己——趕緊離開那個惡魔！

“妳準備好了嗎？”精靈說，“只要閉上眼睛，心中默唸年月日時分和地點，當感覺身體發熱時，代表妳已回到過去。”

“我準備好了。”許柴妹既興奮又膽怯地答。

只一會兒的工夫，許柴妹便感覺全身像著了火似的，當她睜開眼睛時，果然看到躺在沙發上吃草莓的自己。

"許柴妹，"她跑了過去，"妳得離開魏東平，就現在。"

許柴妹聞聲抬起頭來，當看到一個長得和自己相像的人時，嚇得從沙發上坐起，還因此打翻了一整盒的草莓。

"妳......妳是誰？"坐在沙發上的許柴妹打著哆嗦問。

"我是15年後的妳。"年長的許柴妹答，"聽著，妳一定得逃離，否則以後有妳哭的。"

此時，捧著鮮花的魏東平推門進來，問："寶貝兒，妳在跟誰說話？"

許柴妹望向許柴妹，接著手指一指，忽然闖入的許柴妹嚇得閉上雙眼，當她再次睜眼時，發現自己已回到現實。

"妳在幹嘛？今天的地擦了沒？"魏東平斥問。

"沒......我馬上擦。"

幾日過後，許柴妹把神燈扔了，並且慶幸自己沒真的勸說成功，因為離開魏東平，代表連那短暫的幸福時光也不曾擁有過，而這恰恰是她無法接受的......

“人總要被愛過一回，不是嗎？”她喃喃自語。

“人總要被愛過一回，不是嗎？”她喃喃自語。

（890）

這幾天，居住在泰國的小董愁壞了，因為他在不知道對方年齡的情況下，睡了一名17歲的泰國女生，現在對方家長要他給5萬泰銖，否則就告他性侵未成年人。

"兄弟，不經一事不長一智，你這是花錢買教訓，不虧的。"小董的朋友小梁對他說。

小董思前想後，橫豎已經在泰國定居，如今闖了禍，起碼得保住名聲才行，於是同意支付。

"女孩母親問你何時結婚？"花錢請來的翻譯員說。

“結什麼婚？”小董大驚失色，“我只同意付錢，沒同意結婚。”

這下子女方家長炸開鍋了，再次舊話重提——若不照做，就告他性侵未成年人。

小董左思右想，橫豎這輩子是要結婚的，如今有現成的人選，至少不用尋尋覓覓，於是點頭同意了。

“女孩父親說彩禮50萬，另外再買些黃金首飾。”花錢請來的翻譯員又說。

“50萬？”小董面如土色，“不是說好5萬嗎？”

翻譯員問過對方後，答：“5萬是針對泰國人，你是外國人，當然不一樣。”

小董後來還是同意了，但到了婚禮現場卻只給5萬，理由是買完三金後囊中羞澀，剩餘部分只能分期付款。

女方自然不同意，當場就毀婚。

“被堵在門外”的小董不知所措，伴郎小梁拉拉他的衣袖，說：“還不走？留著給這家人反悔的機會嗎？”

小董被當頭一棒，跑得比誰都快。

（891）

說好彩禮28萬元，可是到了迎親時，焦桂蘭的母親又追加了5萬，準新郎周小軍好說歹說皆不行，為了不耽誤吉時，他與伴郎團東拼西湊，最終才把新娘子娶回家。

婚後，兩口子為了這件事已經大戰好幾回合，原有的濃情蜜意也在一次次的劍拔弩張中稀釋，到最後只剩貌合神離。

當焦桂蘭發現新婚不到半年的老公竟然嫖娼時，怎麼都不肯委屈自己。周小軍也是心累，挽留不成便同意簽字了。

拿著離婚證回到娘家的焦桂蘭原本想靠在母親的肩上大哭一場，哪曉得母親不僅毫無愁容，甚至稱得上欣喜。

“我早不看好妳的婚姻，”焦母興奮說道，“所幸當時加了一口，算上利息，現在賬戶裡應該有330165元，全歸妳！”

焦桂蘭望著母親呆若木雞，她母親還以為這是“感激到說不出話來”的表現，不禁為自己的“明智與無私”亂感動一把。

今天，上帝造了91，324人，有白、有黑、有黃、有棕，還有紅。

上帝掃視了一下自己的成果，心中有數了——接下來將有45,662人被植入作惡因子。

"親愛的上帝，祢在做什麼？"一名嬰孩問。

"我正將作惡因子植入你的體內。"上帝答。

"為什麼？"

"因為花花世界必須好壞參半，有多少好人就會有多少壞人。"

嬰孩問全是好人不好嗎？上帝表示不好，因為全是好人很容易空虛，這種失重感能殺人於無形，致死率甚至超過戰爭和謀殺。

“我不是很懂，但為什麼是我？我不想當壞人，我想當好人。”嬰孩說。

“其實當壞人也沒那麼糟糕，既然你有此要求，我再幫你植入行善因子。”

光陰似箭，日月如梭，轉眼間數十年過去了，當初的嬰孩也已成了樂善好施的資本家……

（893）

我從小就親情匱乏，因為父母忙於工作，常年把我丟給保母照顧的緣故。長此以往，我的內心相當苦悶，於是把精神寄託在音樂上，每天不懈地練琴，這惱怒了鄰居們，我的父母不得不買座四合院，好遠離那些煩人的投訴。

上了中學後，我的成績越來越趕不上懸梁刺骨的同學們，我的父母只好讓我上國際班，因為聽說國外的大學很好進，這是唯一能讓我得到大學學位的途徑。

後來，我成功考進美國的500強大學，可是進去容易出來難，最終還是功敗垂成，只得到一張certificate（證書），連

diploma（結業證）或degree（學位）都
算不上。

父母見我拿的是"連學位認證都做不了"
的破紙頭，不免氣結，但還是耐著性子
問我日後想怎麼謀生？

雖然我的腦筋常常短路，此時卻異常清
醒，我告訴那兩位不知該如何"正確"表
達情緒的老人："這分兩方面來說，如
果繼續待在美國，我便街頭彈唱；倘若
回到國內，我依舊賣藝為生，不同之處
在於地點改為酒吧，因為街頭彈唱大概
率是拿不到打賞的。"

經過七七四十九天的深思熟慮，我的父
母下了艱難的決定——讓我回國收租去
。

現在的我，日子過得相當平靜，每天就
是練練琴、喝喝茶、養養花、上上網，
即使有人拖欠房租，我也不管不顧，因
為按時繳房租的租客永遠比老賴多，何
況每天一睜眼就有數十萬元的進賬，我
都來不及花，哪還有精力去管那些狗屎
事？

有句話——不幸的童年要用一輩子來治
癒。我深以為然，因為如今的我還在治

療當中，而且貌似沒有痊癒的可能，哎
……

（894）

時間：公元1XXX年

地點：東方某大國邊境

事由：小將率領部隊即將平定外患，大將卻下令退兵⋯⋯

"為什麼？"小將問。

"如果平定外患，王便不再需要我們，我們的處境將非常危險，很可能會被邊緣化，甚至丟了性命。"大將答。

小將不苟同，平定外患乃大功，王再怎麼昏庸，也不可能不明事理。

見小將仍執迷不悟，大將只好貶他為兵。

多年後，大將壽終正寢，王予以厚葬，追封為撫遠公。然而外患問題依舊沒有解決，於是王又派了一位大將過來，曾經的小將認為時機已到，洋洋灑灑地寫了萬言書，全是如何擊退外患的法子。

"這是誰寫的？"新來的大將問。

"報告東家，這是某個小兵寫的。"大將身邊的師爺答。

"殺了他。"

"什麼？"

"我說殺了他。"

師爺雖感詫異，但沒有違背大將的命令。待人頭落地後，師爺才問起大將的殺人用意。

"我剛接手新職，正是樹立威望的時候，此人剛好出現，所以趕巧了。"

"那麼那篇萬言書……"

"燒了吧！我主動請調邊疆是為了養老，不是為了馬革裹屍。"

後來，這個國家與外患一共打了85年的
戰（期間又換了幾名大將），可疑的是
敵方也總在勝利的最後一刻退兵……

（895）

公主愛上了自己的保鏢，兩人密謀遠走高飛，可惜風聲走漏，雙雙被捕。

“只要承認妳是被誘騙的，能保妳不死。”公主的大哥對她說。

“不，我愛他，非常非常地愛。”公主淚流滿面，“請成全我們，拜託！”

公主有七個哥哥，她是最小的一個，一直備受寵愛，如今鬧出大事來，能不能保住心愛的妹妹只能看保鏢的態度了。

“你呢？你也愛公主殿下嗎？”大王子轉頭問。

“不，我不愛她，是她自己一廂情願的。”保鏢答。

公主難以置信，明明他倆海誓山盟，怎麼這會兒成了她一頭熱？

“瓦達西，你看著我，告訴我方才說的話不是真的。”公主翹首以盼，“不是真的，對吧？”

“是真的，我不愛妳，但又不能違背妳，妳看不出來我很被動嗎？”

此話一出，公主癱倒在地。

“押下去！明日在廣場予以石刑。”大王子命令。

所謂的石刑是將受刑人埋入沙土中用亂石砸死，所用的石塊皆經專門挑選，保證能讓受刑者在痛苦中死去。

當日夜裡，公主服毒自殺了。獲得死訊的保鏢邊流淚邊改口是自己誘騙了公主，公主是在他的脅迫下出逃的，所以請恢復她的名聲，以正視聽。

這份“翻供”讓保鏢的懲罰從石刑改為梟首示眾。

“人死了嗎？”公主問侍女。

“死了，收下錢的劊子手刀起刀落，動作很麻利，比石刑痛快多了。”

“那就好。”公主喃喃道，“這是我能為他做的最後一件事。”

後來，公主聽從父王的安排，嫁給了自己的親叔叔，婚後生下五子四女，其中一子的名字就叫瓦達西。

（896）

當龐醫生宣佈肚裡的孩子有可能畸形時，章氏夫妻感覺天都要塌下來了。

"現……現在該怎麼辦？"章先生問龐醫生。

"看你們囉！如果不留，我可以終止妊娠。"龐醫生答。

由於一時下不了決定，龐醫生讓夫妻倆回去商量，然而一個多月過去了，這兩人依然左右搖擺。

"這樣是不行的，"龐醫生說，"孩子一天天長大，到時候就算你們想終止妊娠，恐怕也終止不了。"

“我們當然知道生下來的風險，”章先生答，“但畢竟這是一條生命，如果換作是你，你恐怕也下不了決定。”

龐醫生看過太多難以抉擇的準父母，對於這樣的反問，早見怪不怪。

“這樣吧！你們再回去商量，倘若兩個禮拜後仍無結果，我們就做生產的準備。”他說。

就在這對夫妻即將步出診療室時，龐醫生突然建議他們關注某個大自然頻道，尤其是3月5日的那一期。

“你說醫生為什麼讓我們關注？”回家路上，章太太問章先生。

“也許他有話對我們說，但又不好直接說出口。”

兩夫妻一琢磨，還是翻出3月5日的那一期，原來說的是母虎咬死體弱小虎的大自然現象。

“太可怕了！不是說虎毒不食子嗎？”章太太說。

“傳言不一定都是真的，大自然的法則還是有一定的道理在，也許放棄也是一種慈悲。”章先生有感而發。

隔日，章太太上醫院終止妊娠，同時向龐醫生道謝。

"不需要道謝，那是你們的決定。"龐醫生答。

"的確不需要道謝，"章先生向老婆投去意味深長的眼神，"終止妊娠是我們決定的，不關龐醫生什麼事。"

手術結束後，從死胎裡飄出的嬰靈撫著胸脯道："嚇死我了，差點兒就悲慘過一生，接下來我得好好選個宿主，不求含著金鑰匙，起碼也得身心健全才行。"

（897）

今天，艾絲特在書店裡閒逛，一名戴著牙套的年輕女孩走了過來，問："妳認得我嗎？"

艾絲特一邊仔細觀察一邊膽戰心驚，最後決定不正面回應。

"我應該認識妳嗎？"她反問。

"我是妳女兒……被妳放棄的那一個。"女孩答。

25年前，艾絲特的男友在她臨盆前不告而別，迫於無奈，分娩後的她不得不將新生兒交給領養人，沒料到今日會面臨如此令人難堪的場面。

"聽著，我不知道妳是如何找上我的，但請停止這種騷擾，妳該做的是與心理醫生好好談談。"她說。

"妳不高興見我？"女孩問。

"一點兒也不，事情已經翻篇了，我不想再重溫不美麗的過去，妳也應該往前看。"

艾絲特離開後，女孩淚流滿面，一位同在書店的大媽目睹了這一切。

"親愛的，妳還好嗎？"大媽問。

"不好，但還能承受。"女孩答。

"那我們回家？"

"好。"

大媽是女孩的養母，過去的半年裡，她無論如何都阻止不了養女對尋親的渴望，於是想出這個法子，艾絲特不過是她倆隨機挑中的。

就像艾絲特所言，被拒後的女孩從此往前看，不再對生母抱有幻想，但艾絲特就不一樣了，自從"被尋親"後，她陷入深深的自責當中，到現在還在看心理醫生，一週一次，從未間斷過……

（898）

高梵焜平時總愛在朋友圈裡發表文章，久而久之，他被朋友們戲稱為文壇巨擘。一天，有朋友發現他的某篇小作文的某個段落出現在閃亮牙膏的廣告文案中，紛紛問他賺了多少？

"也沒多少，萬把塊錢而已。"他答。

沒過幾天，有位作家提到自己的文章被廣告公司挪用，不到100個字，卻進賬十多萬元，而那則廣告恰恰是新近推出的閃亮牙膏……

為此，高梵焜的朋友接二連三地在朋友圈裡對他發出靈魂拷問。

"事到如今，我也不裝了，本人正是九天玄女。"他答。

這個回覆讓朋友驚詫不已，原來高梵焜還真是個作家。

“不對啊！我記得九天玄女是個女的。”某個朋友寫道，隨後還附上一張年代久遠的照片。

由於高梵焜並沒有即時回覆，加上照片中的人看起來像個假小子，朋友圈吵成了一鍋粥。

見勢態不妙，高梵焜不得不討饒——你們就非得把我往死裡逼嗎？都散了吧！

“你該不會想告訴我們你其實是個女的吧？！”有朋友問。

高梵焜天人交戰數回後，還是決定保持沉默，現在他終於明白“一個謊要用無數個謊來圓”是種什麼體驗了。

（899）

鄒捷宇創立的捷宇科技公司製造出全能型機器人，從廣告片中可以看出該機器人不僅能幹家務，還能照顧失能老人和遛狗，堪稱劃時代的發明。

此宣傳一出，果然吸引不少投資者，甚至跳過種子輪，直接來到A輪，公司獲得了近一億元的資金投入。

"鄒總，我們的機器人還在完善中，連走路都費勁，這……會不會太快了？"設計總監龍大為憂心忡忡地問。

"如果等萬事俱備了再接受融資，市場早沒有我們的位置了。"鄒捷宇答，"你該做的便是讓機器人早日達到我們宣傳的，其他就別多想了。"

後來，奇蹟並沒有出現，捷宇科技公司關門大吉，投資公司自認倒霉，原設計總監龍大為則跳到另一家科技公司繼續幹研發……

如此反覆，全能型機器人終有一天會橫空出世，只是時間早晚的問題罷了。

（900）

掐指一算，我曾有5次機會被精神疾病纏身，可是每次都逃過，現在就讓我給您嘮一嘮吧！

第一次是在我高一時，由於進入的是重點高中，班上高手如雲，很快我便感覺力不從心，只能靠不斷地在房內踱步來緩解壓力。我媽一看不得了了，不知從哪裡要來一些符紙，燃燒過後讓我服下，結果七碗符水下肚後，我好了（因為不想再喝亂七八糟的東西）。

第二次是在初戀情人離開我後，我茶不思，飯不想，沒日沒夜躺在床上瞪著天花板發呆。我媽一看不得了了，給我端來不知什麼動物泡過的酒，我立馬從床上跳起，從此過上正常生活。

第三次是在我結婚前，由於是包辦婚姻，我的內心很抗拒，所以夜夜笙歌。我媽一看不得了了，強迫我喝下某種可疑的紅色液體，後來我才知道那是雞血，嚇得我寒毛直豎，立馬老實了。

第四次是在醫生宣佈小寶智力遲緩後，那真是晴天霹靂，我頓時少了奮鬥的動力，每天猶如行屍走肉。我媽一看不得了了，不知從哪兒找來一個娃娃，說只要每天對著娃娃磕頭三次，小寶很快就能目達耳通。不瞞諸位，從小我就怕娃娃，為了遠離這個可怕的東西，我改口小寶沒毛病，是醫生誤診了，另一方面則努力賺錢，因為我終於意識到惟有家裡的經濟狀況改善了，小寶的未來才有保障。

第五次是在妻子離家出走後，我一個人又要養家，又要照顧頭腦不靈光的兒子，最困難的時候，我連上吊用的麻繩都買好了。我媽一看不得了了，自己搬了進來，既幫我幹家務，還幫我照顧小寶。沒了後顧之憂後，我終於走出陰霾，重新投入工作……

．　．　．

以上就是我的五次經歷。

今天，我媽死了，我知道我再也逃不過命運的枷鎖，終於可以結結實實地大病一場，哎……

作者介紹

在異國的背景下加入纏綿悱惻的愛情故事是Ｂ杜小說的一大特點，她的文筆清新、筆觸詼諧、畫面感很強，讀完小說有種看完一部愛情偶像劇的感覺，特別適合懷春少女及對愛情有憧憬的女性閱讀。

另外，Ｂ杜還創作了散文、嚴肅小說、系列小說等，歡迎關注。

《情定布拉格》Love in Prague

《獅城情緣》Love in Singapore

《愛上比佛利》Love in Beverly Hills

《夢回楓葉國》Love in Canada

《早安，歐巴》Love in Korea

《我在蘇黎世等風也等你》
Love in Switzerland

《迪拜公主的祕密情人》Love in Dubai

《馬力歷險記1之地球軸心》The Adventure of Ma Li (1): The Time Axis

《馬力歷險記2之黃金國》The Adventure of Ma Li (2): Eldorado

《馬力歷險記3之可可島寶藏》
The Adventure of Ma Li (3): The Treasure of Cocos Island

《B杜極短篇故事集（1～100）》 A Word to
the Wise (Tales 1～100)

《B杜極短篇故事集（101～200）》 A Word
to the Wise (Tales 101～200)

《B杜極短篇故事集（201～300）》 A Word
to the Wise (Tales 201～300)

《B杜極短篇故事集（301～400）》 A Word
to the Wise (Tales 301～400)

《B杜極短篇故事集（401～500）》 A Word
to the Wise (Tales 401～500)

《B杜極短篇故事集（501～600）》 A Word
to the Wise (Tales 501～600)

《B杜極短篇故事集（601～700）》 A Word
to the Wise (Tales 601～700)

《B杜極短篇故事集（701～800）》 A Word
to the Wise (Tales 701～800)

《巫覡咖啡館之梧桐路篇》

The Witch & Warlock Café on Wutong Road

《巫覡茶館之浣紗路篇》

The Witch & Warlock Teahouse on Huansha Road

《鴻溝》 A World Apart

《潔西卡》 Jessica

《我的泰國養老生活 1》 My Retirement Life in Thailand 1

《我的泰國養老生活 2》 My Retirement Life in Thailand 2

《夏小希》 Miss Xia

《謝小桐》 Miss Xie

出版社介紹

如意出版社（Luyi Publishing）在英國註冊，致力於將優秀作品介紹給全球讀者，聯繫方式如下：

郵箱1: Luyipublishing@163.com

郵箱2: Luyipublishing@gmail.com